世界の果てまでも

大田美和思考集［エッセイ］《エッセイ》

北冬舎

世界の果てまでも*目次

Ⅰ　アジアへ

Ⅱ　日本の短歌へ

Ⅳ　表現へ

V　わたしへ

装丁＝大原信泉

世界の果てまでも

I　アジアへ

アジアへの旅の始まり　ルアンパバーンから八王子、大田《テジョン》へ

さまざまな偶然が重なり、ワンアジア財団が世界中の大学に提供している寄付講座であるアジア共同体講座とご縁ができた。この財団の目的が将来的なアジア共同体の創設だと聞くと、大東亜共栄圏の復活かと誤解する人もいるが、そうではない。

アジアを初めとした世界の国や地域の相互理解と平和の実現のために、講師招聘やシンポジウムなどのための資金を提供し、何をするかは各大学の自主性に任せられた、意義ある活動が行なわれている。

この講座のおかげで、私は二〇一五年五月にはラオスの世界遺産都市ルアンパバーンのスパヌウォーン大学で、二〇一六年前期には勤務先である東京都八王子市の中央大学文学部で、二〇一七年十一月には韓国の大田の培材《ペジェ》大学校で、講義を行なった。

私の専門は近代イギリス小説、とりわけジェンダー視点で見た女性の表象と女性作家による女性の表象だが、数年前から自分の短歌の師の近藤芳美の晩年の仕事と韓国出身の作曲家尹伊桑《ユンイサン》の関係についての研究を開始した。その研究の途中経過を講義に仕立てて、文学と芸術の視点からアジアの平和と協同の可能性について、学生に考えてもらえるような講義をしたいと思っている。

実際のところ、一コマ九十分の授業（通訳が入るので実質四十五分）を行なったところで、どれほどのことができるかと言えば、講義を行なった手ごたえは、通常、自分の大学でしている授業とあまり変わらない。積極的に自分から質問に来る学生がいるのがいちばん目に見える効果だが、アジア的な礼儀正しさや、学生の過密スケジュールのために、質疑応答の時間が取れなかったり、質問者がいなかったりして、蒔いた種の行方は想像するしかないこともある。

おそらく多くの学生にとっては、日本から来た大学教師が日本の詩人と韓国の作曲家について、なんだか一生懸命紹介していた、というぼんやりした記憶が残るのだろう。詩人や作曲家の仕事を通して近現代史を振り返るというのは、大文字の「歴史」とは異なり、一人の人間の視点から歴史を見ることだと気づき、自分もそのような生を生きていることに思いいたってもらえれば、それでいい。

経済や政治の専門家ではない私が学生に伝えられることがあるとしたら、それはたとえば、作品と人間に出会うことの面白さだと思う。それはグローバルな過酷な競争の中で、「勝ち組」になれない不安を抱える現代人の自尊と他尊の意識を高めることにつながるかもしれない。人間について考えるとか、人間を育てるというのは、本来そういうことであったはずだ。

出会いの大切さなど、経済学者や政治学者が専門性を生かした講義のついでにエピソードをあげて語ればよいと思われるかもしれないが、ここでの出会いとは、本人が自覚するしないにかかわらず、歴史や文化というものを背負った人間との出会いを指している。

すこし前までは、そのような出会いは、豊かな読書経験を持つ人なら経験的に理解していただろう。また、作品や人と時間をかけてゆっくりと向き合うことができた時代には、そのような出会いについて、わざわざ習うまでもなかっただろう。

このような意識の下で行なった、「ルアンパバーン」と「八王子」と「大田」の三つの講義の経験を通して考えたことを書き留めておきたい。

ルアンパバーンで

ラオスの世界遺産都市ルアンパバーンは、成田空港での搭乗手続きのときに、「タイですか？」と聞かれるほど、日本では知られていない。バンコクで小型機に乗り換えて一時間半、空港を出るとすぐに、凸凹のある田舎道が続く。商店も人の流れも、昭和四十年代の日本の田舎のような懐かしさを感じた。ストゥーパのあるプーシーの丘から見える寺院と、古い民家が並び、自転車とスクーターが走る古都の風景は、日本画家の堂本印象の「坂」に似ていた。

出発前に、教え子から、インドシナ半島では旅行者はいいカモだと思われているから気をつけて、と言われたが、ホテルでも、夜の露店や朝市でも、商売にあまり熱心ではない売り子のマイペースと素朴さ、ゆるやかな時の流れが印象に残った。

自撮り棒伸ばして歩く空港になるとは知らず内戦の死者　大田美和

アメリカが建ててくれたという校舎あとはエアコンを設置するだけ　同

図書館へ案内されて空の書架彼は臆せず現実を見せる　同

インディゴ・ホテルの前の広場で微博《ウェイボー》の中継だろうか若きら騒ぐ　大田美和

蛍光灯の明かりの下に広げれば値段以上のシルクが光る　同

私が詠んだ短歌である。

ラオスのルアンパバーンは、熱帯とはいえ、風通しのよい伝統的な建物の中なら、しのげない暑さではない。しかし、アメリカの資金で建てられた校舎はコンクリートの気密性の高い建物で、クーラーのない教室では、ネクタイを締めた制服姿の学生たちは睡魔に襲われながら、私の講義「アジア共同体のための文学的ヴィジョンの力」を聞いてくれた。そして、教師の巧みな誘導で、日本におけるラオスのイメージや、経済発展の遅れた小国に何ができるかという質問などもあり、またルアンパバーンの歌も歌ってくれた。

翌日、博物館から寺院に向かって歩いていた私と大学の若い教師は、民芸品店とカフェを兼ねた店の中から声をかけられた。昨日の学生がアルバイト中の店先で、私たちを見つけて、休んで行ってくださいと招いてくれたのだった。二軒の店をつなぐ二階の通路に、彼は椅子を二脚置いて、コップ一杯の冷たい水を運んできてくれた。店に入れてコーヒーを一杯おごるというようなことは、たぶん彼のアルバイト代では、とても賄えないのだろう。しかし、彼がごちそうしてくれた水は、どんな飲み物にもまさる美味しい水だった。

先生と声かけて一杯の水ふるまわれる昨日の聴衆の一人なりし学生　大田美和

私が、というより、その若い教師の、日頃の先生としての熱意がこういう出会いを生んでくれたのだと思う。

八王子で

二〇一六年度前期に、中央大学文学部で、「プロジェクト科目（3）アジア共同体を考える――共に生きるための十五のヒント」というリレー講義が開講された。そのうち私は、「詩から見たアジア共同体」という題で、近藤芳美の戦中戦後の歌を解説しながら、父親の仕事の関係で朝鮮の馬山に生まれ、その転勤に従って朝鮮各地で生活した近藤にとってのふるさと朝鮮への思いと、日本と朝鮮の近現代史を中心に語った。

講義の初めに、国民国家という概念が比較的新しいものであることと、国民国家の限界や問題点をベネディクト・アンダーソンの「想像の共同体」という言葉を使いながら説明し、西洋とアジアの近代の歴史（植民地支配と戦争）を振り返り、人類共通の価値観としてアート＝美や人権があることの確認をしたうえで、本題に入った。

取り上げた近藤芳美の歌は、〈果てしなき彼方に向い手旗打つ萬葉集を打ちやまぬかも〉という中国での戦闘訓練中の相聞歌から、〈戦争が業ならばその業の果て返る静けさを生きて誰が見る〉という核戦争による人類滅亡を想像した歌、〈ひとりの生きしことの上音楽の君にあり弦は人間の祈念打楽器は怒り〉という一九九二年の尹伊桑コンサートの歌、〈二つの戦争経しとし壇に聞くことば一つを朝鮮戦争と後れ気付くまで〉という尹伊桑講演の歌、さらには〈敗戦近く機雷の海を渡り帰る再び行かず行きてならざりし〉という晩年の韓国再訪の歌などである。

この講義の後、「大田先生はどうして韓国に興味があるのですか」と研究室にやって来て、問わず語りに、自分の両親は在日コリアンとロシア人だと話してくれた学生がいた。ルーツゆえの葛藤を抱えている様子はなかったが、両親は外国移住も考えた末に日本で生きると決めたらしいと、家族の歴史を語ってくれた。おそらく、これまではこのような話を自然に聞いてくれる同級生も教員も見当たらなかったのだろう。自分の生き方や家族のあり方について、これでいいんだということをあらためて確かめに来たように思われた。

この講義には韓国でLGBTの権利獲得運動を進めている弁護士リュ・ミンヒ氏や、ウィーンの国連宇宙開発局の職員ロマーナ・コフラー氏や、上海音楽院の趙維平氏など、多数の外部講師が招かれた。言葉という点では、京都大学名誉教授で神道ソングライターの鎌田東二氏の講義とパフォーマンスに圧倒された。この講義録は三月（二〇一八年）に榎本泰子編『アジアと生きるアジアで生きる：中央大学文学部プロジェクト科目講義録』（樹花舎）として出版されるので、ご興味のある方はぜひお読みいただきたい。

大田で

十一月末の韓国・大田の講義の数週間前に、私は尹伊桑のコンサートに合わせて、統営《トンヨン》と釜山《プサン》とソウルを訪れた。釜山からKTX（韓国新幹線）に初めて乗り、ソウルに向かう途中で、大田を通った。釜山から大田までは、低い里山と田園地帯が続き、異国とは思えないほど、のどかで懐かしい風景だった。

培材大学校は、元々ソウルにあった。歴史を調べてみると、詩人の金素月《キムソウォル》(一九〇二—三四)が卒業生とわかったので、訪韓前に彼の詩の日本語訳を読み直してみたが、校地が移動したせいか、教員たちとの懇談では彼の話題で盛り上がることはなかった。

講義の前と後で教員たちと懇親の機会があり、最近の韓国と日本の社会や、学生気質について意見を交換した。韓国のキャンドル・デモと政権交代と、日本の国会周辺行動と政権の継続の比較の話も出た。受験競争の結果、自己肯定感の低い若者が多いということが日韓共通の問題であることを確認した。

講義の題は「尹伊桑とアジア共同体」とした。培材大学校の先生方から、作曲家尹伊桑については、朴正熙《パクチョンヒ》政権のとき捏造されたスパイ容疑によって植え付けられたイメージのため、その実像が韓国でもあまりよく知られていないから、アジア共同体の連続講義の締めくくりとしてふさわしく、日本の大学の先生からそのようなお話がうかがえるのはありがたいと言われた。

そこまで期待されると少し荷が重いように感じたが、講義では、尹伊桑の人物の大きさを中心にして、四月に統営国際音楽ホールで見たオペラ「リュ・トゥンの夢」の印象や、ベルリンで聴講した座談会のオーガナイザーで国際尹伊桑協会会長のウォルター＝ウォルフガング・シュパーラーさんとの対話から得られた、異文化理解に必要な感性と知性の重要性について話した。

チェロ協奏曲の演奏の一部も聴いてもらったが、私が語れるのは、やはり言葉のことだった。

今も読むたびに感銘を受ける尹伊桑とルイーゼ・リンザーの対談『傷ついた龍』（未來社）は韓国語訳があるので、学生たちに作曲家の言葉に耳を傾けることをすすめた。そして国際尹伊桑協会のＨＰに掲げられた尹伊桑の言葉を引用した。

「作曲家は自分が生きている世界を無関心で見ることはできない。人間の苦しみ、抑圧、不正、それらは皆、私の思考の中で私に迫って来る。痛みがあり、不正があるところで、私は私の音楽を通して発言したいと思う。」（日本語訳は筆者）

また、私の韓国文化への関心を示すために、パワーポイントで、二〇一六年にソウルの徳寿宮美術館で開催された「イ・ジュンソプ展」や、仁川と東京で三回見た映画『東柱』（日本公開時の題は『空と風と星の詩人』）の画像も見せた。イ・ジュンソプも、尹東柱《ユンドンジュ》も、韓国人にとって国民的な画家と作家とはいえ、学生一人一人はそれほど興味を持っていない可能性もある。自主的に興味を持つ機会としてくれたらと願った。

詩に対する自主的な興味と言えば、二〇一〇年にケンブリッジ大学に訪問研究員として半年間滞在したとき、朝食の席で、学校の授業で詩を暗唱させることの是非について議論したことがある。韓国人学生が「強制されると、いい詩もいい詩と思えなくなる」と述べたのに対して、「体制が変わらなければ帰国しない。今は国外で家族に会えるから問題ない」と言った中国人学生は、「暗唱すると心にしみこむよ」と言って、キングス・カレッジに詩碑のある徐志摩の詩「再別康橋（さらばケンブリッジ）」を暗唱してくれた。

あれは、国民国家の国語教育の強制力への批判と、人の生きるよりどころとなる母語の詩の言葉に対する讃嘆だったと、今にしてわかる。アジア人同士の詩をめぐる議論と交歓は、私の「乾杯——開かれた社会に向けて」という詩となった（初出は『朝鮮学校無償化除外反対アンソロジー』二〇一〇年、〔『大田美和の本』（北冬舎、二〇一四年）所収〕）。英文学を専攻する私にとって、アジアへの旅の始まりだった。

分断と文学の可能性

1　はじめに

最近、歌人である私と近代イギリス小説の研究者である私をつなぐ仕事をやっと見つけました。「歌人近藤芳美と作曲家尹伊桑のポストコロニアルな出会い」という研究です。近藤芳美と尹伊桑は朝鮮と日本で、支配者側と支配される側という異なる立場から、戦争と植民地主義を経験し、戦後、世界平和について発言を続け、一九九二年の東京ですれ違いました。生前に出会いそこねた二人を出会い直させ、東アジアの近代を振り返り、未来を考える試みをしたいと思っています。

そこで、ここ数年、朝鮮半島と日本の歴史と文化について学び、在日コリアンの詩人や作家の友人も増えました。尹伊桑生誕百周年行事の行われたドイツのベルリンとハンブルク、韓国の釜山、統営、ソウルに行き、ラオスのルアンパバーンや韓国の大田の大学では講義を行ないました。これは近代の植民地主義によって分断され、今もその分断が解消されたとは言えない、日本と朝鮮半島の人々の心をつなぎ直す試みでもあります。

今日の私の話は、福島にも短歌にも関係がないように見えるかもしれませんが、注意深く聞いていただくと、今を生きている皆さん全員に関係があるとわかっていただけるのではないかと思います。

2　「分断」というキーワード

今日のテーマである「分断」は、現代社会のキーワードです。東京大学で教養教育を担当している教員たちが高校生向けに行なった講義録『分断された時代を生きる』のタイトルにも、「分断」という言葉があります。この高校生向けの講義は希望があればオンラインで提供されますので、高校関係者の方はぜひご利用をご検討ください。「うちの高校生は東大を受験しないから」と考える必要はありません。そう考えること自体、自分とは無関係だという分断と思考停止が起こっています。二十一世紀になって、ようやく日本の著名大学が学びの本質を誰にでもわかりやすく伝えるようになったことを皆で享受したらいいと思います。

世界中のあらゆるところで分断が起こっています。ダイヴァーシティ（多様性）は二十一世紀の美徳として称えられ、推進されているのに、多数派と異なる背景や特徴をもつ人たちに対する差別と偏見は、いっそう強まっているように見えます。フェミニストや性的マイノリティや外国にルーツを持つ人たちに対する誹謗・中傷は、インターネット上に多く存在します。社会の分断の仕組みについては現代思想が明らかにしていますが、思想や理論に興味がない人も、分断が問題であり、連帯や協同が必要だとわかっているのに、連帯や協同はなかなか進みません。グローバルな競争の激化によって、コストパフォーマンスの低いものはすべて役に立たないものだとする考え方がこの社会を覆った結果、歴史的に俯瞰する視点を持つ余裕がなくなっているためでもあるでしょう。

役に立たないものの代表のように言われているのが、文学や音楽や美術などの芸術、文学研究や哲学や歴史学などの人文系の学問です。レジュメの最初に作曲家の細川俊夫の言葉を引用しました。ニューヨークのホテルで深い安らぎの世界を体験して、それが修道会の経営によるものと知った時の驚きを、「世界には直接には役に立たない仕事が、どんなに人々の心の支えになっているかを知った。」と述べています。

細川俊夫は、経済効率主義や消費者マインドにのみ奉仕する音楽状況の中で、抵抗しながら信念をもって音楽活動を続けている作曲家ですが、彼自身と彼の同志とを奮い立たせようとしています。これは、役に立たないと切り捨てられ、孤立した者たちや営為をつなぎ直すためのささやかな連帯の試みと呼んでいいでしょう。

3　芸術活動と社会の接続

アーティストによる分断を乗り越える努力について、私がここ数年、実際に読んだ本や出かけた展覧会で、東日本大震災と関わりのあるものを三つご紹介しながら、考えていきたいと思います。

最初にあげた高橋哲哉・徐京植《ソキョンシク》『奪われた野にも春は来るか　鄭周河《チョンジュハ》写真展の記録』は、お配りした中央大学図書館の定期刊行物「MyCul」三十号でも紹介しました。この本は、福島県立図書館の「東日本大震災復興ライブラリー」にも入っていますね。昨日、図書館に行って確認しました。震災に関係する書物を集めた本棚のコーナーは、被災地だけではなく、日本全国の図書館にもほしいなと思いました。幸い、資料やパネルの貸し出しをしているそうなので、私の所属する大学のボランティアセンターや図書館にも提案してみたいと思います。

この本は、日本の植民地支配によって春の喜びを奪われた朝鮮の味わった苦しみと、原子力発電所の事故によって春の喜びを奪われた福島の苦しみを、詩的想像力によってつなぎ、苦痛の連帯をすることは可能か？ と呼びかけるという大胆な試みの記録です。韓国の写真家鄭周河さんを福島に招いて、彼が撮った写真を日本各地でパネル展示し、トークを行ないました。写真のほとんどは、桜が満開の山やたわわに実った柿や海岸など、福島の美しい自然の風景です。この本の中では、特に沖縄・佐喜眞美術館で、歴史的な差異を無視して連帯を呼びかけることに対する批判の声が沖縄語で発せられる場面が印象的です。これは連帯の拒否ではなく、連帯をするうえでの鋭い注意喚起でした。

二つめは、二〇一三年から十年計画で毎年撮影して、年末に新宿で上映されている古波津陽監督の記録映画『1/10 Fukushimaをきいてみる』です。最初の数字は「じゅうぶんのいち」と読みます。福島出身の女優佐藤みゆきが、福島の各地に住み続けている人や他県に移った人を訪ねて、震災とその後について、お話をうかがうというものです。この映画は、東京にいる者からすると、福島に会いに行くという貴重な機会を提供してくれることに気づきました。震災はまだ終わっていないという、東北では当たり前のことを、上映会のたびに東京人が確認することは、連帯のためのささやかな努力と言えるでしょう。

三つめは、去年の十月から年末まで行なわれていた美術展「リボーンアート・フェスティバル東京展　そこで何が起きていたのか?」(於・ワタリウム美術館〔東京・渋谷〕)です。宮城県石巻市と牡鹿半島の各地を会場として開かれた国際的な現代美術展のうち、再現可能な作品を展示したものです。

ひととおり見て、大川小学校の悲劇に取材した作品はなかったなあと思って、最後の展示を見ました。それはカオス*ラウンジの「地球をしばらく止めてくれ、ぼくはゆっくり映画をみたい。」(二〇一七)(VR作品の作者は山内祥太)という作品の一部である体験型のアートで、ヴァーチャル・リアリティ(VR)のヘッドセットを装着して、目の前に見えるCG〈コンピューター・グラフィックス〉の立体空間の中の人々のうち、好きな人に憑依して、楽器を演奏したり、ボールを投げたりして遊べます。

チャイムが鳴るとゲームオーバーですが、ヘッドセットをはずす前に、ナビゲーターの「上を見てください。この建物に到達した津波の水面が見えます」という声に誘われて見上げると、背丈よりずっと上にキラキラ光る水面が見えました。学校のチャイムの音と津波から、旧大川小学校を訪問して遺族から説明を聞いたときのことを思い出して、涙があふれました。丁寧に語られた訴訟の理由、訴訟とは別の形で記憶を継承する努力もあること、訴訟は金目当てだという罵倒……。さまざまに分断された思いがある中で、あのアート作品は、死んで何も語れない人たちが生きている者に憑依して、死者の思いを受け取るという機会を作ってくれたのです。ほんの一瞬、死者と生者の思いがつながりました。これがアートの力ですね。

4 『こころ・文学・心理学 中央大学BUN Café より』

芸術と社会の接続の試みとして、私が取り組んだ例をお話しします。一昨年、中央大学文学部で行なった「ブンカフェ」というトーク・ショーです。フランス人の作家ミカエル・フェリエの『フクシマ・ノート』を、トラウマと悲嘆が専門の心理学者に読んでもらって、文学と心理学の異なる人間観を対置したうえで、協同の可能性を探ろうとしたものです。

現代人の多くは、人間の心理を描いた文学作品は娯楽（エンターテインメント）として消費するのに対して、自分が抱えている心理的問題はカウンセラーに聞いて解決するという傾向があります。その傾向に対して、文学にかかわる者として一石を投じたかったのです。

このトーク・ショーのハイライトは、災害のトラウマを表現活動で乗り越えられるか、という問題提起に対して、心理学者と作家の見解が対立するところです。心理学者は「大きいトラウマを乗り越えようとして表現活動を行なうと、思わぬ小さなトラウマが現われて、症状が慢性化する危険がある」と警告しました。それに対して、作家は「誰がトラウマの大小を決めるのか？　アートセラピーの可能性はないのか？　人は自ら積極的に生きることで生き延びることができる」と述べました。

そして、これに対して、精神科医が、岩手県沿岸部の被災地支援の経験から、「震災後のことを語れるようになっても、まだ震災前や震災の日のこととつないで語れない人が多い。大小のトラウマという考え方からすると、それは自己防衛手段なのかもしれない」と発言しました。そのうえで、人が人として十全に生きていくためには、自己の経験を振り返り、意味づける「物語」の生成が欠かせないことと、健康を取り戻した心の語る「物語」はやわらかくて、語るごとに姿を変えるという指摘をしました。

このトーク・ショーでは、二〇一一年三月の地震・津波・原子力事故の複合災害を、日本以外の世界で「フクシマ」と呼ぶことについての問題点も語られています。このトーク・ショーの記録は三月末に本にまとめて出版することになっていますので、ご期待ください。福島県立図書館の東日本大震災ライブラリーにも寄贈する予定です。

5　当事者とアライ、サポーター

どのように分断を超えるかを考えるときに、マイノリティの権利獲得運動から学べることがたくさんあります。当事者とアライ、サポーターの関係です。当事者だけでは社会制度を変えることができないことは、黒人奴隷制度の廃止運動や女性参政権獲得運動や性的少数者の権利獲得運動の歴史が示しています。

私は福島出身者でも住民でもないので、福島に住み続けるかという選択や、地元民と避難者が混在するコミュニティの相互理解の困難を経験していません。今回、お話をいただいたときに、専門家として関わってきたわけでもない福島で何ができるのだろうかと悩みました。しかし、この機会に福島に会いに行きたいと思いました。先ほどご紹介した本や映画や展覧会の印象が背中を押してくれたのかもしれません。

そういえば、ミカエル・フェリエは、生き残った人がそれぞれのやり方で語る必要がある、それが一人一人の人間の死を悼むという行為になる、と指摘していました。作家の責任ということも彼は語りました。『フクシマ・ノート』の書評に、私は次のように書きました。

「大切なのは、「災禍に無感覚になる」のではなく、「災禍の不健全な影響から自らを守る内面的な力」を持ち、「各人が自分のやり方で、忍耐強く、あたりの風景から少しずれた構文を、自分の構文を書きこんでいく」こと。人々への称賛と感動を記録する著者のペンも、明日へと生きる希望をつないでいく。芭蕉の「夏草や兵どもが夢の跡」を踏まえて著者は書く。「夢があった。そして夢の跡があるだろう。詩はすべての終止符ではない。」」

6 歴史感覚、時空を超えること

最後に歴史感覚、時空を超えるという文学の可能性についてお話ししたいと思います。近藤芳美は「わたしは自分の歌を二十年後、三十年後に向けて作っていますよ」「本当のものを歌え、恐ろしいものを歌え、小器用な上手な歌人など幾らいたって仕方がないんだ」と言いました。これは『近藤芳美集』の「月報」で石田比呂志と阿木津英が引用している発言ですが、私も歌誌「未来」の東京歌会で、何度もこのような発言を聞きました。

ここで近藤芳美を引用するのは、私の短歌の師だからではありません。短歌のそのような可能性を、短歌に関心を持つ皆さんに思い出していただきたいのです。文学の力、言葉の力は小さいですが、それは生活者である私たち一人一人の小ささと同じです。無力だからといって何もしないのではなく、今を生きている者同士として、手をつなぎ合えるところを見つけて、時には歴史的視野に立って連帯の可能性を探っていきましょう。

チベット仏教の指導者ダライ・ラマ十四世が言いました。「平和は祈っても訪れません。平和は私たちの行動によって訪れるんです」。ご清聴ありがとうございました。

【引用文献】

石田比呂志「近藤芳美二、三」、阿木津英「指導者《リーダー》としての近藤芳美」（『近藤芳美集』第十集「月報」9　岩波書店、二〇〇〇年十二月）

大田美和「本の紹介　ミカエル・フェリエ『フクシマ・ノート』（『中央評論』第六十五巻四号〈通巻第二八六号〉中央大学中央評論編集部、二〇一四年一月）

大田美和編著、富田拓郎、ミカエル・フェリエ、山科満共著『こころ・文学・心理学　中央大学BUN Caféより』（樹花舎、二〇一八年）

ダライ・ラマ十四世インタビュー（「ビッグイシュー」二七六号、二〇一五年十二月）

高橋哲哉・徐京植『奪われた野にも春は来るか　鄭周河写真展の記録』（高文研、二〇一五年）

東京大学教養部編『分断された時代を生きる』（白水社、二〇一二年）

ミカエル・フェリエ『フクシマ・ノート　忘れない、災禍の物語』（新評論、二〇一三年）

細川俊夫『魂のランドスケープ』（岩波書店、一九九七年）

「文学部教員の書棚——BUN Café「図書館の冒険」登壇教員オススメの本」(『MyCul』三十号、中央大学図書館、二〇一七年十一月、中央大学図書館HPでデータでも提供中)

ラオス　〝言葉の力〟感じた旅

通い合う心がもたらす喜び

振る舞われた冷たい水に凝縮

コミュニケーション能力の向上を重視する教育が、小学校から高校まで、国語の授業でも、英語の授業でも行なわれている。たしかに大学生たちは、情報を読み取り、伝えることには長けていると思う。

気になるのは、その情報についての感想や意見を求めると、クラスメートなどの周囲の反応を気にして黙り込んでしまうことである。一瞬でも相手に言葉が届いた、気持ちがつながったという喜びを、どうしたら私たちは実感できるようになるだろう。どうしたら互いの心が動き、身体も動くようになるのだろうか。

語り継がれた物語には、時代の変化に朽ちない言葉の力が潜んでいる。私は小学一年生のときに初めて読んだ仏教説話「貧女の一灯」という物語が好きだ。ある貧しい女性が自分の髪を売ったお金で油を贖い、仏に捧げたわずかな灯火は、王が供した幾百幾千の火が大風で消えた後も、なお盛んに燃え続けたという、あの話である。

今年（二〇一五年）五月の半ば、私はラオスの世界遺産都市ルアンパバーンを訪れた。スパーヌウォン大学で開かれた「アジア共同体の理解のための連続講座」で講師を務め、学生や教師と語り合うためである。政治家や経済の専門家、科学者に比べれば、教師や詩人や学生は、なんと非力に見えることか。そんな私たちは、アジア共同体のために何ができるだろう。英語でそう問いかけて、私はあの「貧女の一灯」を引用した。

「奇跡とは善意が起こすものです。この物語は、人々のそういう願いを表わしているのではないでしょうか」と。

競争の激しい消費経済社会では善意が報われない場合も多いことを誰もが知っている。それでもなお、私たちは善意の価値を信じたい。そう話し、次のように締めくくった。

「きょう、私は日本から〝小さな火〟を持って来ました。その火を、アジアの平和と協和のため、皆さんに手渡したいと思います」

その翌日、大学の若い教師が町を案内してくれた。彼は、自分はラオ族ではなく、少数民族のモン族だと言った。そして、モン族が全国テストでつねに上位を占めること、この十年でモン族の暮らしが変わったことを話してくれた。どれも観光ガイドでは知りえなかった話だったろう。

「一日目はお客さんでしたが、二日目には友達になりましたね」

そう言われて、私はうなずいた。まわりではアオマツムシが涼しげな声で鳴いていた。

王宮博物館を出て、すこし離れた仏教寺院に向かう途中、一人の若者に声をかけられた。前日の講座に参加していた学生がアルバイト先の店の中から私たちを見つけ、休んでいってください と呼んでくれたのだ。そこは民芸品も商うカフェで、彼は階段を上った通路に椅子を二脚置いて、私たちのために席を作り、一杯の冷たい水でもてなしてくれた。室内は涼しかった。

先生と声かけて一杯の水ふるまわれる昨日の聴衆の一人なりし学生

経済学部で学んでいるという彼は、前日の講座で私たちに問いかけた。経済発展が遅れた小国に何ができるか、と。私は、ルアンパバーンで作られる絹織物のように、ラオスには魅力的な産物が数多くある。そのことを世界に発信することはできないだろうか、と精いっぱいの誠意を込めて話したのだった。

溢れ出る気持ちを短い言葉に込めるのは難しい。だが、そのようにして物語や文学は紡がれ、私たちの暮らしは営まれてきた。心が通い合う実感を得た喜びを、私はルアンパバーンのゆるやかな時の流れとともに忘れられないでいる。

ライト・シー・グリーンの海　尹伊桑「チェロ練習曲」

「あなたが今立っているところから三十メートルほどのところで、尹伊桑《ユンイサン》は生まれました。あなたが今立っているところは、海でした。尹伊桑は波の音を聞きながら育ったのです」

四月初めに訪れた、韓国の統営《トンヨン》の尹伊桑記念館で、私を迎えてくれた館員の言葉である。通訳を介して聞かされた説明の中には、四十歳から作曲を始めたのに、これほど多くの曲を残したのはたゆまぬ勤勉さによるものだったという言葉もあった。私の短歌の師、近藤芳美も、みずからに怠ることを許さなかった歌人だったことを思い出した。

統営を訪れたのは、「歌人近藤芳美と作曲家尹伊桑のポストコロニアルな出会い」という研究のためだ。生前に出会いそこねた、朝鮮半島にルーツのある二人のアーティストを文学批評の力によって出会い直させ、日本と朝鮮の近現代史をアートの視点で語り直したいと思っている。

尹伊桑と統営の海については、ドキュメンタリー映画『ユン・イサン――南北朝鮮のはざまで』（マリア・シュトットマイヤー監督、二〇一八年）でも、テレビドキュメンタリー番組『十一月の悲歌――作曲家ユン・イサンの肖像』（ベルリン自由放送、一九九六年）でも、映像で見ることができる。書斎型の研究者なら、わざわざ統営に行く必要は感じないかもしれない。しかし、私は自分でそこに立ち、感じてみたかった。作曲家が人生最後に訪れたいと望みながら、訪れることを許されなかった生まれ故郷を。そして初めて行くときには、尹伊桑を記念する国際音楽祭の開かれる春でなければと思ってきた。今年（二〇一七年）の春、ついにその機会が訪れた。

釜山でも、統営でも、満開のソメイヨシノの桜並木に驚かされた。椿はまだ咲き残っていたが、ケナリ（レンギョウ）は盛りを過ぎていた。桜並木には日本のように提灯や飾りはついていない。「統治時代に植えられた桜でしょうか」と通訳に聞くと、「そんなに古い樹には見えないですよね」という返事。

ミツバツツジも満開だったが、チンダルレ（カラムラサキツツジ）はまだだった。里山ではウグイスが鳴き始めていた。成田空港から釜山空港まで飛行機で一時間四十五分。釜山から統営まで車で一時間半。列島と半島は陸続きであるように思われた。

統営は韓国では東洋のベニスと呼ばれているようだが、ベニスを知らない私には、展望台から見た景色は、松島を見るような懐かしさがあった。統営は詩人、小説家、劇作家など、驚くほど多くの芸術家を生んだ町であり、文武に優れた将軍李舜臣《イスンシン》が豊臣秀吉の軍勢を破った場所でもある。

この町に生まれ育った作曲家、尹伊桑は世界的な作曲家となり、滞在先のベルリンから韓国へ、北朝鮮のスパイ容疑で拉致され、拷問され、死刑判決を受けた。今では朴正熙政権による捏造された罪であるとわかり、名誉回復がなされている。世界中の音楽家による助命嘆願によって二年の懲役刑をつとめた後、彼は釈放され、ドイツ市民となった。晩年、故郷の海を一目見たいという願いは叶えられることがなかった。

近藤芳美がみずからの禁を破って、晩年に韓国訪問の旅に赴いたとき、生まれ故郷である馬山を訪問しながら、統営や釜山まで南下しなかったのは、尹伊桑への思いがあったからだろうか。それとも、日本と朝鮮を往復するたびに連絡船に乗った釜山への複雑な思いからだったのだろうか。そんなことを思いながら、いま近藤芳美の自伝小説『青春の碑』を読み直している。

尹伊桑記念館で、生誕百年記念のカタログとボールペンとファイルをもらった。ボールペンは胴体の脇を引っ張ると、尹伊桑の似顔絵と生没年が記されたライト・シー・グリーン色の旗が広がるしくみになっている。海は韓国朝鮮語で「パダ」という。

パダ、パダ。ハヌル（空）というと、朝鮮半島の広く青い空を連想するようになったのは、テレビドラマ『風の絵師』の主題歌で、「ハヌル」という語が空に明るく開くような音階に乗せられていたおかげだろう。しかし、私のゆっくりとしか進まない韓国語学習の耳には、「パダ」という音韻はまだそのような喚起力がない。釜山の海を渡る高速道路の橋上や、釜山から統営に向かう高速道路で海が見えるたびに、「パダ、パダ」と密かに繰り返した。

その夜のコンサートのプログラムは、オペラ「リュ・トゥンの夢」と、チェロのソロコンサートだった。リュ・トゥンの剱は『スターウォーズ』のライトセーバーのように光り、彼の出征中に不倫の恋に酔う妻を演じる韓国人歌手の熱のこもった表情は、二台のカメラとコンピューターで後方のスクリーンに大きく映し出された。歌手もオーケストラも観客も、若い人が多く、尹伊桑の音楽が若い世代に受け継がれていることがわかるのは嬉しかった。

夜九時半からラウンジでチェロを弾いたイェンス＝ペーター・マインツは、尹伊桑の晩年のチェロ練習曲三曲とバッハのチェロ組曲二曲を切れ目なく交互に演奏した。尹伊桑とバッハが出会い、混じり合い、交響した。アンコールのたびに、大きな体でチェロを軽々と持って移動するマインツの姿に、東洋人としては大柄な体格で、どんなときもチェロを手放さなかったという若き日の尹伊桑を思い出した。

絵本画家いわさきちひろとアジア共同体

おはようございます。ハノイ建築大学の学長先生、学部長先生、本日はお招きくださいまして、ありがとうございました。日本の中央大学から来た大田美和です。私の専門は十九世紀イギリス小説の研究で、女性作家の再評価やジェンダー表象の分析を行なってきました。私は詩人でもあり、日本の伝統的な定型詩である短歌を作っていて、これまでに四冊の歌集を出版しました。英語の詩を書いて、イギリスのブリッドポート文学賞の佳作を受賞したこともあります。

私はベトナムに来たのは初めてです。生春巻きやフォーなど、ベトナム料理が大好きです。バオニンの小説『戦争の悲しみ』が一九九七年に日本で翻訳されたときに、「婦人公論」という女性雑誌に書評を書きました。今年（二〇一八年）は、この小説を「入門・外国文学」という講義科目で取り上げました。

私はベトナムの慣用句を知っていますよ。二〇年前にベトナム人の先生から教わりました。「うどんはうまいが、ご飯も大事」「うるち米ももち米もある」。合っていますか？　今も使う表現でしょうか？

今日は、「絵本画家・いわさきちひろとアジア共同体」という題でお話しします。皆さんは、いわさきちひろという日本の絵本画家を知っていますか？　一九一八年に生まれて、一九七四年に肝臓がんのため五十五歳で亡くなりました。ボローニャ国際児童書展グラフィック賞や、ライプツィヒ国際書籍展銅賞などを受賞した画家で、今もとても人気があります。ベトナムでもこの十年間に何度も展覧会があって、大変好評だったようですね。

いわさきちひろは第二次世界大戦後、二十八歳から画家として活躍し、五十五年の生涯のうちに約四十冊の絵本を出版しました。そのうち三冊は戦争をテーマにした絵本で、『わたしがちいさかったときに』『母さんはおるす』『戦火のなかの子どもたち』です。今日はこのうち、いわさきちひろが絵も文も書いた『戦火のなかの子どもたち』を中心にお話ししたいと思いますが、その前に、その三冊の戦争をテーマにした絵本について概観しておきましょう。

『わたしがちいさかったときに』は、長田《おさだ》新《あらた》という教育学者が広島の原爆の被害にあった子どもたちの言葉を編集したものです。この絵本を書くために、いわさきちひろは原爆被害の写真を集めましたが、正視できませんでした。広島を訪問しましたが、原爆で死んだ子供たちの骨が地面の下にあると想像して眠れませんでした。それぐらい繊細で、鋭い感受性の持ち主だったのです。そして、画家としては、丸木位里、丸木俊夫妻の『原爆の図』のような絵は描けない、というコンプレックスを持っていました。それでも、ちひろは、さまざまな月齢や年齢の子どもを書き分けることができるという特性を生かして、子どもの姿を通して、人々の心に強く訴える絵本を作り上げました。

『母さんはおるす』は、ベトナムの作家グェン・ティの小説が原作です。お母さんが戦争に出かけて、子どもたちがお母さんの帰りを待っているという、ベトナム戦争の時代のベトナムの日常生活が子どもの目で描かれています。とても楽しそうなお母さんと子どもたちの姿ですね。いわさきちひろは、子どもたちの愛らしい顔やしぐさを書くことによって、こんなに可愛らしい子どもたちの日常が、戦争で踏みにじられていいのでしょうかと問いかけて、平和の尊さを訴えました。十年前に、いわさきちひろの夫で国会議員の松本善明さんがベトナムを訪問して、この絵本のモデルに会ったとき、「この日本の画家は自分の家族を見ていないのに、どうしてこんなにそっくりに描けるんだろうと不思議に思いました」と言われたそうです。

今ご紹介した二冊の絵本には原作者がいますが、『戦火のなかの子どもたち』は絵も文も、いわさきちひろ自身が書いています。私は文学の研究者で詩人ですので、いわさきちひろの絵と言葉から、彼女の功績について考えてみたいと思います。

ところで、画家の書いた文にどのような価値があるのでしょうか？　いわさきちひろの文が分析に値する理由は二つあります。

第一に、いわさきちひろは、絵本の中の絵と文の関係について、重要な指摘をしました。「童画は、けしてただの文の説明であってはならない」と言ったのです。彼女は、絵本というものが絵と文のコラボレーションであると考えて、その可能性を死ぬまで追求しました。

第二に、いわさきちひろは、日本の赤松俊子（のちの丸木俊）やフランスのマリー・ローランサンなどの先輩画家から学んだだけではなく、文学作品からも多くを学びました。外国文学ではアンデルセンを尊敬していました。日本文学では『萬葉集』という日本の古代の庶民から王侯貴族までの詩歌を集めたアンソロジーや、武者小路実篤の理想主義的な小説や、宮澤賢治のシュールレアリスティックな詩や童話を愛好していました。宮澤賢治は、東北地方の貧しい農村の生活を肥料の改良などによって改善し、文化活動も活性化させようと尽力した末に、身体を壊して早世した詩人です。

それでは、『戦火のなかの子どもたち』を読んでみましょう。この本は独立した一つ一つの場面からできています。そのうち、注目すべき場面を抜き出して見てみましょう。この絵本で一番有名なのは、この二枚の絵と文です。「あの子は　風のように　かけていったきり。」「母さんといっしょに　もえていった　ちいさなぼうや。」

極限まで縮められた短い文は、余白を重んじる日本の水墨画や、世界で最も短い定型詩である俳句の美意識に通じるものがあります。

二つ目の絵では、わが子の命を最後までなんとか守ろうとする母親の必死の形相と、お母さんにだっこされて安心した赤ちゃんの表情が対照的です。この対照は、いわさきちひろという画家が過酷な現実から逃避して甘ったるい絵を描くセンチメンタルな画家なのではなく、彼女の絵の抒情的な美しさがリアリズムに支えられていることを教えてくれます。彼女はたしかに、丸木夫妻のような絵は描けませんが、死が迫っている赤ちゃんの最後の至福の表情を描き取る芸術家としての冷徹さを持っているのです。

さらに注目すべきは、「あの子」や、「母さん」や、「ちいさなぼうや」というような普通名詞の使用によって、この無名の人たちの過酷な経験が、国や地域や時代や言語を越えて、普遍的なもの、人類共通のものになっていることです。「あの子」はあなたの隣に住んでいた子どもなのかもしれないし、「ちいさなぼうや」は現在の紛争地域で今まさに殺されようとしている赤ちゃんなのかもしれません。

ご紹介した場面に比べて、この絵本の冒頭、最初のページの短い詩については、これまでに十分な分析がなされていないので、分析してみたいと思います。冒頭の詩を読んでみます。

「きょねんもおととしも　そのまえのとしも／冬のわたしのしごとばの紅一点／ひとつひとつ／いつとはなしにひらいては／しごとちゅうのわたしとひとみをかわす。／きょねんもおととしもそのまえのとしも／ベトナムの　子どもの頭のうえに／ばくだんはかぎりなくふった。／赤いシクラメンの／そのすきとおった花びらのなかから／しんでいったその子たちの／ひとみがささやく。／あたしたちの一生は／ずーっと　せんそうのなかだけだった。」

最初の「きょねんもおととしも　そのまえのとしも」というフレーズが六行目で繰り返されています。「繰り返し《リフレイン》」という詩的効果が使われているとともに、この繰り返し部分から始まる二つのフレーズが対句の関係を作っています。言い換えると、過去三年間の日本の画家の平和な仕事場の風景と、過去三年間のベトナム戦争の風景が、並置されています。画家が戦後日本の平和のおかげで、家庭生活と画家としての仕事を同時に楽しむことができた三年間に対して、ベトナムでは爆撃によって、たくさんの子どもたちが傷つき、殺されたという三年間が並置されているのです。

鉢植えのシクラメンの花は、日本では年末の贈り物によく使われます。いわさきちひろは人気のある画家で、いつもたくさんの仕事の依頼があり、年末には、仕事場に出版社や新聞社などから、一年間お世話になった御礼として贈られたシクラメンの鉢がいっぱいあったそうです。

そのシクラメンの花から、彼女は、なぜベトナムの子どもたちのことを連想したのでしょうか? シクラメンの花を見てベトナムを連想するというのは、飛躍しすぎだと、私も初めてこの絵本を読んだときに思いました。ベトナム語でシクラメンはhoa anh thảoと言うそうですね。福島大学の友人から教わりました。彼がフェースブック(Facebook)で、ベトナム人の友人にシクラメンを見たことがあるかと聞きましたら、みんな知らないと言ったそうです。

じつは、シクラメンは日本でも、年末に飾るほかの花、梅や薬牡丹や水仙に比べて、西洋的なモダンな花というイメージが今も強いです。ちひろは戦争中、日本の特権階級の娘として西洋文明に親しんでいました。戦後、自分が享受した特権の意味とアジアへの侵略という事実を知った後も、西洋志向は変わりませんでした。戦争中には、ちひろは大多数の日本人と同じく、大東亜共栄圏という、いわば偽のアジア共同体を信じていましたが、戦後は、アジア諸国に対する贖罪の意識が生まれました。その後、ベトナム戦争の時代には、日本では反戦運動が起きると同時に、日本の基地からベトナムに飛び立つアメリカ軍飛行機のための物資の調達で日本経済は潤いました。そのような相容れない現実に直面したことが、シクラメンとベトナムの対比という形で表われたのではないでしょうか。

なぜ、シクラメンとベトナムなのだろうと、繰り返しちひろの詩と絵を見るうちに、私はこれこそ、詩的飛躍であり、詩的真実なのだと気づきました。ベトナムにもすぐれた詩がたくさんあるようですが、詩は魔法の言葉ですね。詩は、日常生活の常識や理屈を越えて、一見無関係なものをつないで、それまで考えてもみなかった風景や考えを目の前に見せてくれます。

ちひろの絵と文を短くまとめて表現してみるならば、「シクラメンはベトナムだ」、あるいは「シクラメンの花びらに私はベトナムの戦争で死んだ子どもたちの瞳を見た」ということになり、その唐突な比喩は、読者に驚きと衝撃を与えて、いわさきちひろという強い個性を持つ主観が見た世界に引き込まれてしまうのです。これが客観性を重視する科学とは異なる、文学や芸術の力であると思います。

シクラメンとベトナムについて、もうすこし別の視点で考えてみましょう。この詩を注意深く読んでみると、シクラメンの色以上に、シクラメンのすきとおった花びらが強調されていることに気づきます。シクラメンの花びらは小さい蝶が飛んでいるような愛らしい形をしていて、その形がシクラメンが日本で人気のある花である理由の一つです。いわさきちひろは愛らしいもの小さいものが大好きでした。戦争中、食べるものにも困っていたときにも、いわさきちひろは、店先に並んでいた可愛い小皿に目を奪われて買って来て、家族をあきれさせたというエピソードが残っているほどです。

愛らしいものや、小さいものに寄せる愛着は日本の独特な美意識であって、現代において、「kawaii」という日本語が英語になったことにも表われていますが、このような美意識は、千年前にさかのぼることができます。皆さんは『源氏物語』という物語をご存知でしょうか？『源氏物語』の作者紫式部のライバルであった作家清少納言は、『枕草子』という随筆集の中で、愛らしいものや小さいものが心を動かす例として、這い這いしている赤ちゃんが床の上の小さな塵を見つけて、小さな指でつかんで拾い上げて、大人に見せる姿をあげました。

ちひろの文の最後の「あたしたちの一生は／ずーっと　せんそうのなかだけだった。」についても分析してみましょう。これは戦争体験のない読者にとっては、衝撃力のある言葉でしょうが、ちひろにとっては、自分と無関係ではない言葉でした。「わたしの娘時代はずっと戦争のなかでした」（「宮沢賢治と私」『母のひろば』一九六九年九月）と、ちひろ自身が語っているからです。第二次世界大戦の最後の二年間は、日本各地で空襲が繰り返されますが、ちひろも東京の空襲で危うく焼け死にそうになり、家族と離れ離れになる不安の一夜を過ごしました。当時、ちひろはもう二十七歳でしたが、もしあのとき焼け死んでいたら、シクラメンの花びらの中から聞こえてきたベトナムの死んだ子どもたちの声は、自分自身の声になっていただろうという思いがあったにちがいありません。

私自身は、ベトナム戦争の頃、小学生でした。祖父がニューギニアで戦死したことを知ってからは、戦争は遠い過去のことではなくなり、歴史を勉強したいと思いました。小学校の社会科の授業では平和教育が行なわれ、ナパーム弾や枯葉剤で傷ついたベトナムの人たちの写真を見ました。小学校のすぐ隣のタイヤ工場は、アメリカ軍の飛行機のタイヤを作るのに昼も夜も大忙しだと、当時、その工場の食堂で働いていた母から聞きました。

ある日、いつものように、学校から帰って、家の前の小道で石けりをして遊んでいたときに、新聞屋さんのバイクが向こうから走ってきて、夕刊を私に渡してくれました。その新聞には、「サイゴン陥落」という大きな見出しがありました。子どもながら、ベトナム戦争がやっと終わった、これで戦争で殺される人がいなくなる、よかった、と心から思ったことは今もよく覚えています。

いわさきちひろの『戦火のなかの子どもたち』の冒頭の分析に戻りましょう。彼女が書いた「赤いシクラメンのすきとおったはなびら」という言葉から、いわさきちひろが戦争中から愛好し、戦後、心の支え、生きる指針とした宮澤賢治の「すきとおったほんとうのたべもの」という言葉が連想されます。いわさきちひろは、侵略戦争に協力していた特権階級の娘でした。父親は軍の建築技師として働き、母親は日本が中国大陸に作った傀儡政権である満州国に花嫁を日本本土から送り出す運動に参加していました。日本が戦争に降伏してはじめて、ちひろはアジア侵略の事実や、侵略戦争に反対したために拷問されたり、投獄されたりした人々の存在を知り、虚脱の日々を送り、宮澤賢治の詩を再び読みます。

宮澤賢治の詩は、戦争中にはその無私の精神が滅私奉公の精神に読みかえられてファシズム国家を支えるために使われたのですが、ちひろはそのようなファシズム国家の思惑から自由になって、自分の純粋な心で賢治と向き合ったのでした。ちひろの戦後まもなくの日誌には、宮澤賢治が信仰していた法華経の経文と、宮澤賢治のような文体で書いた詩が残っています。

「世界がぜんたい幸福にならないうちは個人の幸福はあり得ない」(『農民芸術概論綱要』序文)と

いう宮澤賢治の言葉は、いわさきちひろにとって、戦争中の自分の無知を反省し、戦後の自分自身の新しい出発を励ます言葉になったことでしょう。

賢治の童話集『注文の多い料理店』の「序文」には、今私たちが読んでいる、いわさきちひろの詩に出て来る「すきとおったはなびら」に通じる、「すきとおった」という表現が二回出てきます。一つ目は、「序文」の最初の文です。「わたしたちは、氷砂糖をほしいくらいもたないでも、きれいにすきとおった風をたべ、桃いろのうつくしい朝の日光をのむことができます。」(宮澤賢治童話集『注文の多い料理店』序文)

二つ目は、「序文」の最後の文です。「けれども、わたくしは、これらのちいさなものがたりの幾きれかが、おしまい、あなたのすきとおったほんとうのたべものになることを、どんなにねがうかわかりません。」

この序文の大意は、「私たちは貧しいけれど、自然からたくさんの美しい贈り物をもらっています。私は詩人の想像力によってその恩恵を実感することができるので、皆さんが無意識のうちに得ているはずの自然の美しい贈り物を、人間の言葉にかえてお届けしましょう」というものです。宮澤賢治は、人間の心を育ててくれるこの自然の美しい贈り物を、「すきとおったほんとうのたべもの」と表現しています。いわさきちひろは、宮澤賢治が詩や童話の形で読者に差し出した「すきとおったほんとうのたべもの」を、絵本の形で読者に差し出したと言っていいのではないでしょうか。

ちひろの『戦火のなかの子どもたち』がベトナム語にも翻訳されたことは、日本がかつて侵略したアジアの国に、ちひろがおずおずと差し出した手が確かに握り返されたということなのだろうと思います。このことをアジア共同体を考える出発点にしたいと思います。

皆様、日本にいらっしゃる機会がありましたら、ちひろ美術館・東京と、安曇野ちひろ美術館をぜひお訪ねください。ちひろ美術館・東京は、東京の閑静な住宅地の中にあります。一方、安曇野ちひろ美術館は、冬には雪に埋もれる長野県の山に囲まれた松川村にあります。ここは戦後、公職を追放されたちひろの両親が農夫として再出発した土地です。広い敷地には小川が流れ、春は桜、夏には紫色のセージの花が咲き、秋には栗が実ります。近くには林檎園が広がっています。この美術館の館長で、ベトナム語にも翻訳された『トットちゃん』の作者である女優の黒柳徹子さんが戦争中に通った学校、トモエ学園の電車を使った教室もあり、一日いても飽きることがありません。朝搾ったばかりの牛乳から作ったソフトクリームも食べられます。

この写真は、私が教えている中央大学と、入学式の日の学生たちの姿です。帰国したら、私の学生たちにベトナムで見たことや、皆さんから聞いたことを話したいと思います。シクラメンのベトナム語を教えてくれた福島大学の友人とも会って、ベトナムの話をすることになっています。ハノイのホテルでインターンシップをしてホテル業界に就職した卒業生にも会って話をしたいと思います。

一人一人の人間の力は小さく、文学や芸術にできることはささやかですが、人と人とのつながりが私たちの世界をよりよい場所にすこしずつ変えていくことを信じて、一緒に手をつないで前に進んでいきましょう。

ご清聴ありがとうございました。

＊註　本稿は二〇一八年十一月三十日にベトナムのハノイ建築大学で行なった講義「文学の視点からみたアジア共同体　いわさきちひろとアジア共同体」の原稿に加筆修正したものである。この講義はワンアジア財団の助成による連続講座「アジア共同体：アジアの文化と環境の多様性」において実施された。

ファイルーズの歌に会わせてくれたシャード

二〇〇五年八月、英国シェフィールド大学語学研修旅行の最後の晩、私が引率した学生たちは浴衣や作務衣《さむえ》を着て、肉じゃがや味噌汁などを友だちに振る舞い、ステージでは手拍子をし、身体を揺らせて、「上を向いて歩こう」を歌った。

次にステージに上がったシリア人の女子大学院生シャード（＊註）は最初、持参したカセットテープの演奏に合わせて歌うつもりだったようだが、会場にＣＤプレーヤーはあっても、テープレコーダーはなかった。あきらめて、伴奏なしで歌い出した歌に、私はたちまち魅了された。歌い終わった彼女に、「素敵な歌ね。あれは何ていう曲？　誰が歌っているの？」と聞くと、「フェイルージャ」と答えて、「恋の歌なのよ」と教えてくれた。

シャードと友だちになったのは、外国から来た者同士のありふれた初対面の挨拶がきっかけだった。

私「こんにちは、お会いできて嬉しいです。どちらのご出身ですか」

彼女「シリアです」

私「私は日本の東京です。シリアのどちらですか」

彼女「ダマスカスです」

私「文化の中心地ですね」(the center of culture)

なぜそういう言葉が出てきたのか自分でもわからない。パレスチナ人の英文学者エドワード・サイードの影響の下、日本の英文学者も西洋中心主義からそれぞれのやり方で脱する努力をしていた時代だった。それはともかく、この言葉に彼女の顔がぱっと明るくなって、友だちになったのだった。

友だちになったといっても、会ったときにハローと挨拶する程度だった。一度、夕食の後に寮のコモン・ルームで、シーシャ(水煙草)を囲むサウジアラビア人、シリア人、ギリシャ人の中に彼女を見つけた。シーシャを吸うのは男だけだったが、彼女は若いながら既婚で子持ちの女性だからか、中東出身の留学生の中では、特に男子学生の面倒を見る母親的な役割を果たしているようだった。

彼女と話をして、彼女の名前は「ハニー」(蜂蜜)という意味だということ、故郷に四歳と二歳の娘を残してきていること、イギリスでIT技術を学んで、故郷でいい就職口を探したいと思っていることなどを知った。「私の英語の発音おかしくない?」と何度も聞いてきて、九月から本格的に始まる留学生活にすこし不安を持っているようだった。

彼女は堂々とした美人で、センスも良く、ヴェールで髪をきっちり覆っていても、ヴェールでおしゃれしているようにさえ見えるほどだった。すこし気になったのは、饒舌になるときと無愛想になるときの差が極端で、気分の上下が目立ち、故郷の家族のことで心配事でもあるのだろうかと思わせた。私の子どもが男の子二人だとわかると、「私、男の子は嫌い」と言ったきり、何も言わなかった。

フェイルージャがファイルーズ（一九三五年、レバノン生まれ）で、どんな歌を歌う歌手なのか知ったのは帰国後、CD「Fairuz：The Lady of the Legend」（Union Square Music, 二〇〇五年）を買い、ドキュメンタリー映画「愛しきベイルート　アラブの歌姫」（ジャック・ジャンセン監督、オランダ映画、二〇〇三年）のDVDを見てからだ。何度も繰り返し聴いて一番好きになった歌「元気？」はこんな歌詞である。

私と最後に会った年を覚えてる？
私と最後に交わした言葉を覚えてる？
あなたは私の人生から消え
そして再会した
今は元気でやってるの？
…………
子どもができたと聞いたけど
外国にいると思ってたわ

（DVDの重信メイによる字幕より）

アルトの、時には野太く、時には甘い声が畳みかけるように歌う名曲だ。作詞・作曲は息子のジャード・ラハバーニによる。背後に、第二次世界大戦後のイスラエル国家の成立とパレスチナ人離散と中東戦争、一九八〇年代のレバノン内戦という歴史があることを知らなければ、どこにでもある人生のひとこまを歌ったにすぎないように見える歌詞だ。しかし、だからこそ、内戦によって社会が破壊され、宗派主義に支配されるようになったレバノンと周辺地域で、宗派、階級、思想信条、貧富の差を超えて、「彼女は私のために歌ってくれている」とみんなに思われるような歌手となったことを、このドキュメンタリー映画は丁寧に描き出している。

このようなアラブ世界最大の歌姫の歌を「流行歌」と呼ぶのは問題があるかもしれないが、歌姫ファイルーズと私の出会いは、ラジオやテレビで歌手の歌う歌を直接聴いてではなく、身近な人が歌うのを聞いて心ひかれ、自分も歌ってみたいと思い、口ずさむようになったという点で、流行歌との出会いと同じだった。

シャードとは帰国後、何度かメールのやり取りをした。二〇〇六年のイスラエルによるパレスチナ空爆のとき、アメリカとイスラエルを非難する悲鳴のようなメールをもらって、慰めの返事をしたことは、短歌連作にもした。

「あなた方」と名指したとたん渾々と湧き出る水はわれらを隔つ
ダマスカスと言葉にすればほのかにも立ちのぼる古代葡萄の香り
大田美和（歌集『葡萄の香り、噴水の匂い』）

その後、二〇一一年にシリア内戦が勃発したとき、真っ先に思ったのはシャードのことだったが、二〇〇六年に離婚し、シェフィールドからハダスフィールドのITセンターに移ったというメール以来、何年も音信が途絶えていて、英国にいるのか、シリアにいるのか定かではなかった。メールを送ってみようか、でも慰める言葉が見つからない、と迷ううちに、シリア情勢はレバノンよりも、旧ユーゴスラビアよりも、凄まじい破壊と分裂が進み、世界で二番目に多く難民を受け入れていた国から大量の難民が命がけでヨーロッパをめざしている。彼らがファイルーズの歌を今も愛しているのかもわからない。

ファイルーズを知ってから、日本でも中東地域に関わりのある仕事をしている研究者や音楽家と、ファイルーズのおかげで意気投合したが、昨年（二〇一三年）の春、ドバイを初めて訪れたとき、砂漠のサファリ・ラリーの運転手（三〇代ぐらいのイラン人）にファイルーズの話をしても、「もう死んだんじゃないか」と興味がない様子だった。「それなら、今ドバイで一番流行っている歌手は誰」と聞くと、ちょっと考えてから「Nancy」という答えが返ってきた。ドバイ・モールのタワー・レコード（ついでながら、その隣には日本国内のどの店舗よりもフロア面積の広い紀伊國屋書店があり、OTAKUの棚がある。）の店員も同じ答えだった。バングラデシュ生まれのナンシーは、グローバル時代にふさわしいダンスミュージックの歌い手で、愛くるしい歌声が私も気に入ったが、時代と地域を超える歌手になれるだろうか。

＊註　シャードのことは、歌集『葡萄の香り、噴水の匂い』（北冬舎、二〇一〇年）では「シャヒド」と誤って表記した。彼女が最初にくれたメモとメールアドレスに「Shahed」と綴っていたので、そう思い込んでいた。メールでは「Shahd」と綴っていることもあり、honeyという意味があるのはシャヒドではなく、シャードだった。シャードのメールの英語の綴りがときどき間違っていたのは、アラビア語が通常、母音記号を省略することからくる誤りだったのだろうと、アラブ首長国連邦のシャルジャでアラビア書道の真似事をし、アラビア語の初歩を教わった経験から今にしてわかる。

初めての韓国引率出張

残暑、お見舞い申し上げます。旅のご報告です。この夏はたった三日間でしたが、韓国ソウルに出張し、全力でもてなしてくれる韓国の深い人情のあり方に感激して帰国しました。

私が引率したプログラムは、韓国国際交流財団の後援で、韓国カトリック大学（CUK）の先生が韓国の文化全般と消費文化について、高雄（台湾）、北海道、東京の大学を結んで、中継授業を前期（春学期）に行ない、夏休みにCUKの寮に一週間泊まって、マーケット見学やグループ発表を行なうというものです。

二日半は三大学の学生とTAの約三十名と行動を共にしましたが、ひと足先に帰る私は、三日目の午後、学生たちと別れて、韓国側の担当教員キム先生のご主人ナム先生に、景福宮《キョンボックン》と仁寺洞《インサドン》を案内してもらいました。「パレスが見られれば」という私の希望で、まず景福宮へ。敷地内のいろいろな建物を見て、大統領府青瓦台の前まで行きました。私が一番気に入ったのは、翡翠色の緑にあふれた香遠亭《ヒャンウォンジョン》と蓮の池です。

ナム先生は、ご自分の勤務先の大学を二年早く退職して奥様の在外研究に同行し、北海道で一年間過ごされた方で、日本語と中国語がすこし話せます。アメリカで心理学の博士号を取っており、私との会話は英語でした。「「カムサハムニダ」と「コマプスムニダ」は、どう使い分けているのですか」「両方使うけど、あまり意識していないですねえ」「でも、この三日間、私はカムサハムニダしか聞いていませんよ」など、会話を楽しみました。

次に、光化門を出て、大手町のような現代の首都の風景を見ながら、ショッピングストリート仁寺洞へ向かいました。韓紙の店で栞やポジャギ（韓国のパッチワーク）のお土産を買い、済州島《チェジュド》の緑茶の店を冷やかしてから、細い路地の行き止まりにある茶房に連れて行ってもらいました。今は大学院生であるナム先生のお子さんが小学校のときの同級生のお母さんの店だそうです。入口に小さな庭があり、夏草の中に朝顔が咲いていました。平屋の引き戸を開けて入ると、民家におじゃましたような感じですが、棚には若いアーティストの作品が飾ってありました。私が休日に連れ合いとよく行く、ギャラリー・カフェのように気がねなくくつろげる雰囲気があり、女主人とのゆったりした会話からナム先生にとって、そこがとっておきの場所であることがよくわかりました。

〝この先生たちが来日したとき、あのギャラリーにお連れできればいいけれど、大学からも、都心からも離れているから、無理かなあ〟などと思いました。

五味子のお茶を飲み、梅茶（梅昆布茶ではなくて、青梅のシロップ漬け）を飲み、ポン菓子のようなものをつまみました。そのうえに、蒸かし芋も出してくれました。今年（二〇一四年）の初物のサツマイモはソウルで食べたのだということは、当分忘れないでしょう。別れ際に心付けを渡そうとするナム先生と受け取らない女主人のほほえましいやりとりがあった後、「コマプスムニダ」と言ったナム先生は、店を出た後で私に、「あ、今「コマプスムニダ」と意識せずに言った！」と大声で言い、私は「わかりました。くつろげる相手に対すると、たぶん純粋な韓国固有語が自然に出るんですね」と言いました。

その後、銀杏並木で空港行きのタクシーを止めてくれたナム先生と、別れを惜しんでしっかりとハグしたことは言うまでもありません。空港で飛行機の出発を待ちながら、「ああだ、こうだと悩むより来てみるもんだねえ」と前日の夜、学生に言った言葉を私はもう一度嚙みしめていました。この旅のことは短歌連作二〇首にして、短歌結社誌「未来」に発表します。

＊註　「カムサハムニダ」は「感謝（カムサ）」という漢語を含む。

韓国と日本をつなぐ

先頃（二〇一四年八月）、韓国カトリック大学が日本と台湾の大学に英語で提供する合同授業の担当者として、私の勤務校の学生をソウルに引率した。多くの学生が「日韓関係が悪くなっているのに大丈夫？」と家族に心配されていた。

しかし、韓国流のもてなしと、競争社会といっても、日本よりのんびりし、言葉に出さなくてもわかり合えるアジア的感性にじかに触れて、「なんだかんだと悩むより、来てみるもんだねえ」と思った。

ともかくも来て見てごらんウェブサイトのぴかぴか光る語に騙されず　大田美和

韓国といえば、亡き師・近藤芳美が韓国の作曲家尹伊桑の演奏会と講演に参加したときの歌を思い出さずにはいられない。

打ちとよむ打楽器をもて告ぐるものをわれには朝鮮の記憶の痛み　近藤芳美

植民地であった朝鮮半島に生まれ、戦後、リベラリストとして歌壇を牽引した近藤芳美と尹伊桑の対談が、もしも実現していたら、アジアの民主化と平和について何が語られただろうか。
非常勤先の大学で知った詩人尹東柱、朝鮮学校無償化除外に反対する詩人の運動に参加して覚えた「ウリハッキョ」(私たちの学校)などの朝鮮語、フクシマを撮影した鄭周河の写真展「奪われた野にも春は来るか」……。「韓流は終わった」と言われても、私の中の朝鮮半島への興味と平和への願いは大きくなるばかりだ。

異国母国超えてはばたく鳥でしょうふたつの言語を両翼として　野樹かずみ

私の散歩道　学修環境としての多摩キャンパスの自然

九月初めの教員食堂の南側の窓から、咲き始めた萩の花が見える。この北向きの崖は、春は桜と躑躅、夏は桜の若葉、秋は萩の花と桜紅葉や蔦紅葉、冬は冬木立や雪景色が楽しめる。まるで立派なお屋敷の前栽のような趣があり、中央大学に着任して以来、お気に入りの場所だ。食堂の南側をガラス張りにした、多摩移転当初の先達の思いが偲ばれる。

昨年（二〇一三年）の萩は、梅雨時に狂い咲きしたせいか、秋にはほとんど花をつけなかった。桜の枝の剪定を怠ったために日照が不足したのかもしれない。萩は日なたを好むから、北側の崖に植えるのは初めから無理があるが、それでもなんとか花をつけている姿はいじらしい。

この日は、来日した韓国カトリック大学の先生二人と、学生八名との昼食会だった。「あの花は何の花でしょう?」と聞くと、学生は「わかりません」と言う。「萩ですよ」と言うと、あわてて電子辞書で調べて、韓国の先生方に英語で伝える。

「この萩は来週には満開になり、しじみ蝶も飛んでくるでしょう」

秋の花から、韓国では秋夕《チュソク》と呼ばれる中秋の名月に、話は移る。「日本には」と私は話す。「満月より少し欠けた月である十三夜、それから、満月の後の月も愛でる文化があります。立待月、居待月、寝待月という呼び名まであります」

こんなふうにたがいの文化の共通点と、興味深い差異について語り合えるのは、東アジア文化圏にいる者同士の会話の醍醐味だ。

「『立待月』って、古典の授業で習ったよね?」「聞いたことない」と学生たちがささやき合う。若い頃は、誰だって、花鳥風月や古典にはその程度の関心しかないだろう。私も高校時代に、運動場を見下ろす応援席の萩を見て、「きれいねえ」と母に言われても、ほとんど気に留めていなかった。「花より団子」のお年頃だったのだ。

萩が大切な花になったのは、初めての相聞歌につながる思い出があるからだ。大学三年生のとき、合唱団の合宿の帰りの列車で、片思いの相手と偶然、二人がけの座席に坐って、『古今和歌集』の入門書を一緒に読んだ。中世歌論を学び始めていた彼と、次のような歌について、解説を読みながら感想を話し合った。


宮城野の元荒の小萩露を重み風を待つごと君をこそ待て　　よみ人知らず(『古今和歌集』)

逢えない苦しみを、露の重さに耐えながら、風が露を吹き払ってくれるのを待つ萩の苦しみにたとえている。萩の名所である「宮城野」という地名が喚起する視覚的イメージも利用したすぐれた歌だ。これがきっかけとなって、こんな相聞歌を作った。

詩集預けまどろむ君の横顔にページは繰らず幾駅を過ぐ　大田美和（歌集『きらい』）

来週、萩が満開になったら、と私は思った。ゼミ生に声をかけて、お昼御飯を食べながら、恋の歌の話でもしようか、と。

韓国の先生方との歓談が終わりに近づいたとき、「韓国では大学進学率が六〇パーセントを越えて、各大学はこぞって美しい庭を造って、受験生確保に努めている。中大には庭がありますか？」と聞かれた。

「庭というほどの庭ではありませんが、私のお気に入りの散歩道をご案内しましょう」と言って、桜広場を目ざした。白門で立ち止まり、由来を話してから、ラグビー場上に至る山道を登った。この山道にさしかかるたびに、不思議なほどワクワクした気持になる。小中学生の頃、里山で山芋掘りをする父のお伴をしたり、自転車で一人走り回ったりしたからだろうか。神奈川県の寒川、茅ヶ崎、藤沢あたりの里山で、中世から吹いてくるような風の音を聞き、林の中で柴栗を拾ったり、木通《あけび》の実やカラスウリの実を探したりしたものだ。

中大のこの山道は、登り切って、すこし開けた林の道を過ぎて、木の階段を昇ると、すぐに終わってしまって、ワクワク感はいつも裏切られる。見上げるような大木と木漏れ日の道、貯木場のような広場がもうすこし続けばいいのに、と残念に思う。ラグビー場を見下ろす歩道に日陰はなく、冬はベンチに坐って日向ぼっこができるが、初秋の日射しは、まだ強すぎる。

「マムシに注意」という看板を見て、学生が反応し、「毒」や「蛇」という英単語を総動員して、韓国の先生たちに説明する。「もう涼しくなってきたから、出ないでしょうよ」と私は答える。キリギリスが飛び出し、コオロギが鳴く。コオロギといえば、小学生の息子たちを連れて来て、今はラバーズ・ヒルと呼ばれる九号館前で、飼っていたカナヘビの餌になるコオロギを捕まえたこともあった。

子はすだま燃える火の玉おろし立ての傘の石突き割って帰れり

大田美和（歌集『飛ぶ練習』）

「この山の上に小さな祠があります。初午の日には、学長や学部長が参拝して、新しい鳥居を建てて、学園の安全を祈願するそうです」と話すと、韓国の先生たちも学生も興味深そうに聞いていた。授業で教員に連れられて、鳥居のあるところまで上ったという学生もいた。

さらに進むと、下の道路のトンネルの真上に来て、遊歩道はここからCスクエアに続く下り階段になって終わる。向こう側の山も続いて歩けるならいいのだが、手入れのために開かれた道はあっても、散策の道にはなっていない。

翌週、教員食堂に行った私は驚愕した。萩が根こそぎ抜かれていて、土が剝き出しになっている。後期授業の前の一斉除草作業で刈り取られたらしい。満開の花を、よくもまあ、と怒りすら感じた。限りある予算の中で、英国のケンブリッジ大学のように庭師を雇ってくれとまでは言わない。しかし、先達が選んで植えたものを、どのように継承し、楽しむかと考えるのが文化だろう。大学は、文化の香り豊かな場所であってほしい。

追記＊その後、一斉除草作業の際に萩が刈り取られることはなくなった。

海のとどろき

すこし気がかりだった学生が、数週間の沈黙の後にメールで故郷の夏の海の写真を送ってきたことがある。ワンクリックして、パソコンの画面上に広がった暗い海のたたずまいに、私は圧倒され、言葉を失った。

まぼろしとうつつとわかずなみがしらきほひ寄せ来るわだつみを見き　　宮澤賢治

岩手の内陸に育った賢治が、修学旅行で石巻を訪れて、初めて見た海の印象である。これに等しいような衝撃を感じた。

しばらくして正気を取り戻した私は、色名事典を開いた。浅葱色、縹色《はなだいろ》、藍色、紺色……。子どもの頃、千代紙の色と柄を、考えに考えて選んだように、色に名前をつけて、自分を圧倒したものをなだめ、心を静めようとした。

その後、東京に戻った学生に、その場に立つと、五感のどの部分にもっとも強く訴えかける景色なのか、印象に残るのは海の色か、潮の匂いか、肌に感じる潮風か、と尋ねると、即座に「音です」という答えが返ってきた。海から遠い暮らしをしている私には、意外な答えだった。

海の色、海の音といっても、それぞれの海には、それぞれの色と音がある。表現する者が、五感のうちのどれを優れて発揮するのか、詩想を表現として差し出すときに、読者の五感のどれに訴えかける形にするのかということにも、さまざまな形がある。

海恋し潮の遠鳴りかぞへては少女《をとめ》となりし父母の家　与謝野晶子
とどろきは海《わた》の中なる濤にしてゆふぐれむとする沙《すな》に降るあめ　斎藤茂吉
ホメロスを読まばや春の潮騒のとどろく窓ゆ光あつめて　岡井隆
海鳴りのごとく愛すと書きしかばこころに描く怒濤は赤き　春日井建

冒頭の、故郷の夏の海の写真を送ってきた学生は、震災の日に津波で恩師を失っていた。行方不明のままの先生の自宅跡には花が供えられ、落ちていた木切れを拾うと、目の前に、先生の家の姿が一瞬、亡霊のように立ち上がったという。彼は大学合格の報告をつい先延ばしにしたために、先生には永遠に伝えることができなくなったことを嘆いた。

私は、「後ろを振り返らないのは若者の特権で、あなたは特別に不人情なことをしたわけではない。教師にとっては、便りのないのはいい便りだから」と励ました。その気持ちをエッセイに書いたらと勧めて、コンクールにも応募させた。

エッセイの文体は、彼の好きな池澤夏樹を真似たもので、物語の枠組は、私が推薦したミカエル・フェリエの『フクシマ・ノート』から借りた。東京のガールフレンドと自動車で帰省するというものだ。入賞はできなかったが、執筆作業は悲しみをととのえて、前に進む力を与えてくれたようだった。

卒業式直前、春休みに帰省した故郷から、ふたたび海の写真が送られてきた。その海は、夏のあの海と同じものとは思えないほど、おだやかな陽光に包まれていた。

うぐいすの初音届けと梅が枝を送れば君は潮鳴り返す　大田美和

言葉と文学にできること

「女の平和」国会ヒューマンチェーンに参加して

扉はない。鍵は心に預けてある。同好の氏とばかり歩くのは、ちょっと退屈だ。直感を信じて、人の誠意に賭けてみる。嫌われても気にしない。ちょっと一緒にやってみようか。面白い、楽しい。そうすると、風景が変わり、心が動く。そうして初めて人も動く。気持ちのいい風が吹いてくる。

かつて同僚だったご縁で、心理学者の横湯園子氏が発案した「女の平和　国会ヒューマンチェーン」という、平和運動の呼びかけ人に加わった。電子メールで、同僚や友人、知人に参加や支援を呼びかけた。

二〇一四年十二月二十五日の記者会見は、私の人生で初めての記者会見登壇となった。私は定年世代と若者の間に位置する現役世代。何ができるかと考えて、Twitter や Facebook のアカウントを開設し、遠隔地の友人や、若い学生や、未知の人々の力を借りて、情報拡散の努力をした。できることだけすこしずつ、の平和運動は今も続けている。

それは暮れから正月にかけての、初めてづくしの体験だった。言葉と文学に関わることは、成果主義の社会の中で、無用のもののように思われている。私に何ができるだろうか？　言葉と文学にはささやかであっても、できることがある。かねてからの思いを、プライドをもって掲げて立ち上がりたい。平和運動は言葉と文学のための運動ともなっていった。

記者会見に登壇したのは、横湯園子（元中央大学教授・教育心理学）、雨宮処凛（作家・活動家）、藤原真由美（弁護士・日弁連憲法問題対策本部副本部長）、坂本洋子（mネット・民法改正情報ネットワーク）、上原公子（元国立市長）、浅見洋子（詩人）、大田美和（中央大学教授・英文学）、辛淑玉（のりこえねっと共同代表）、司会の杉浦ひとみ（弁護士）の九名（敬称略）。

それぞれの立場と経験から、平和への思いを語り、圧巻だった。ことさらに「女性活用」と言わなくても、これだけさまざまな分野で、すでに日本の女たちが仕事をしていることを学生たちにも見せたいような記者会見だった。（＊註1）

記者会見で何を発言したらいいのかと迷った。記者会見資料の肩書きは、「英文学」を研究する大学教員。しかし、文学理論を介して現実社会と接続しようとしている、現代の文学研究について語るのは、難しすぎる。言葉として、多くの人には届かない。

そこで、〈知らぬ間に殺されたくはないという素朴に根ざすわれに政治は〉と、〈泣きながら父が見送りし祖父の忌よ家族史の中に戦争はあり〉の自作の短歌二首を引用して、発言した。朝日新聞「朝日歌壇」に三十年前に掲載され、読者に愛唱された短歌だ。

私は、法律の専門家でも、社会運動家でもない。素人として、戦死者の孫として、さらにはがんのサバイバーとして発言しよう。戦争は、個人のかけがえのない生命と尊厳を踏みにじる国家

による暴力であることを語った。そして、七〇年間保ってきた日本国憲法の下の平和の大切さを訴えた。（＊註2）

記者会見では、弁護士、政治家、社会運動家たちのパフォーマンス力に圧倒された。私も授業や学会発表など、人前で話すことは多いが、正直なところ、スピーチよりも、書斎で文章を練り上げ、推敲してから紙面に発表するほうが得意だ。口ごもり、言いよどむところに、文学は時空を超える力を密かに蓄える。

力強い言葉や心に響く言葉なら、時間さえもらえれば、最高のものが作れる自信がある。しかし、発表の場はほとんどない。文学に出番はないのか？　子どもの頃、言葉と文学に恋して以来、読み、書き、研究し、教育してきた。文学にはささやかなことしかできないことは知っているが、そのささやかなことすら期待されなくなっている状況をなんとか変えたいと思った。

二〇一五年一月十七日（土）午後には、七〇〇〇人以上の参加者を得て、国会議事堂周辺には二重三重のヒューマンチェーンが作られた。赤いファッション・アイテムを身につけることで、現政権の進める戦争体制への反対を意思表示した。

赤は誰にでも似合う色、みんなを温かい気持ちにし、元気を与えてくれる色。さまざまな運動の経験がある人々の知恵と支援と努力のおかげで、七〇〇〇人以上の人々が集まって、混乱なく集会を成功させることができた。

この日は、私にとって初めての街頭活動だったが、これだけたくさんの人がいる中、あちこちで知り合いに出会った。この日初めて会った人とも、なごやかに言葉を交わした。

「女たちは殺し合いが嫌いです」「集団的自衛権の行使を許しません」「特定秘密保護法反対」「憲法改悪反対」「レッドカード、レッドカード、安部政権」。

シュプレヒコールが十五分おきに四回なされた。私は、「こんな日本にするために戦死したんじゃない」と書いた紙を広げた。高知県安芸郡馬路村に住む八十五歳の伯父の言葉だ。

二〇一一年、三月に東日本大震災が起こった年の八月、一族再会を喜ぶ酒の席で、伯父の腹の底から絞り出すように言われたこの言葉。日本三大美林を持つ馬路村が林業を捨て、ゆずの村へと再生するまでの長い道のりを伯父は知っている。農業と酪農によって同じように自立の道を歩んでいた東北の村に降りかかった原子力災害である。そして、居住不可能になった村……。彼の言葉には、同情と嘆きと憤りがにじみ出ていた。

それは、七〇年以上前に戦死した父親、私には祖父にあたる人間の無念に託した言葉でもある。「国家のために死んだんじゃない、家族を守るために死んだんだ」。伯父の目は潤んでいた。人の命よりも国家を優先する国に、ふたたび日本が変わろうとしていることへの憤りである。

四国から東北に、そして戦時中の日本に向けられた「素人」の想像力、この「素人」の思いと言葉を、歴史的にきちんと意味づけたうえで、さらに多くの人に届けたい。それは、想像力と理性によるトータルな思考をめざす文学研究者であり、歌人である、私の役目であるはずだ。

「今まで政治に対してものを言うことをしなかった私でも、この運動なら参加していいんだと思えた」

友人の言葉だ。組織による動員ではなく、「素人」が自分の意志で集まったことも、この運動の大きな収穫だった。

この日、四回目の最後のヒューマンチェーンの直前に、本部のある国会議事堂正門前でスピーチの時間をいただいた。マイクを握り、前日に完成した「女の平和」のテーマソング（作曲は長尾圭一郎氏）の説明をして、歌った。呼びかけ人の一人である辛淑玉氏の奔走で、作曲者を得ることができた私の歌だ。歌詞は、詩人の河津聖恵氏の呼びかけに応じて、私が『朝鮮学校無償化除外反対アンソロジー』（二〇一〇年）のために作った詩「乾杯――開かれた社会に向けて」の冒頭部「序詞」である。

弱い者いじめをするな
子どもたちを矢面に立たせるな
親たちとその親たちが
支払うことを怠ってきた過去の負債を
子どもたちの世代にだらだらと背負わせるな
いじめてもいいという公認のしるしを与えるな（＊註3）

平和と人権、子どもたちの未来という点で、朝鮮学校の子どもたちに対する公権力による差別に反対する運動と、「女の平和　国会ヒューマンチェーン」の運動は、私の中でつながっている。

帰宅後、アップロードされたYouTubeの動画で、自分のスピーチと歌を見た。せっかくブレザーもインナーも赤で揃えたのに、赤いストールを巻いていたとはいえ、灰色のコートを着たままの姿で歌った私は、いかにも野暮ったかった。最後まで私は素人だったなあ、と反省してから、やっと思い出した。

コートも脱がず、リュックも背負ったまま歌ったのは、出番直前まで私の膝にもたれて座っていた、三歳ぐらいの女の子のことで頭がいっぱいだったからだ。万が一、皆が突然動いたら、この子がつぶされる。その前に空いている両手でパッと抱き上げて、この子を守ろう、と私は全身で身構えていた。最後のヒューマンチェーン開始の時間を気にしながら歌い終わり、壇から降りると、女の子の姿は消えていた。あの子は今や、全力で守らなければならなくなった「平和」の比喩だ。

あなたもあなたも来ていたと時の経つほどに同志は増えて「女の平和」　大田美和

＊註1　記者会見の動画は映画監督の松井久子氏によって撮影され、ダイジェスト版を次のウェブサイトで視聴できる。https://www.youtube.com/watch?v=cZpqXyzYIMA

＊註2　一月十七日の国会正門前での私のスピーチと歌は次のウェブサイトで視聴できる。https://www.youtube.com/watch?v=Fs2yrYp8MP4

＊註3　この後、作家澤地久枝の仕事と自分の短歌を引用し、「女の平和」の歌を歌って、言葉と歌により聴衆を鼓舞する機会に恵まれた。二〇一六年五月十五日に開催されたイベント「Democracy

Strikes Back!! 民主主義の逆襲」（於・早稲田大学大隈講堂）である。「安全保障関連法に反対する中央大学有志の会」を代表して登壇し、スピーチした。その映像は次のウェブサイトで視聴できる。
https://www.youtube.com/watch?v=gLOvH7YEZwc

Ⅱ　日本の短歌へ

短歌は詩であり、芸術である、という
あたりまえの事実について

短歌についてのいまだに解けない三つの疑問から始めよう。

疑問その一

外国で、「私は poet です」と名乗ると、よほど文学や芸術に興味がない人でもないかぎり、たいてい尊敬のまなざしを向けられる。それに比べて、日本では、歌人だと言っても、「いいご趣味ですね」と言われるのが関の山だ。この違いは、いったい何なのだろうと、短歌を作り始めた頃から、ずっと不思議に思ってきた。

短歌を英語で説明するときに、「a Japanese traditional verse」という。「日本の伝統的な韻文」という意味である。しかし、この英語と日本語のニュアンスが微妙にずれていることに、私自身、最近まで気づいていなかった。日本に千年以上も存在している韻文の形式を使って詩を書くということは、古式ゆかしい方法で詩を書くということと、けっして同義ではない。短歌は長い歴史のある韻文であり、俳句とともに日本語の母語話者が持ち合わせている大切な韻律なのであって、伝統のみを強調するのはおかしい。

短歌はけっして「伝統芸能」ではない。父子相伝の厳しい修行を経て初めて免許皆伝されるものではなく、多くの歌人にとっては、短歌との偶然の出会いから、自分でも創作するうちに、その韻律を身につけたものではないのだろうか。

日本を別にすれば、詩人とは、それぞれの時代に流行した韻律や、外国の詩の影響で新たに生まれた韻律といった複数の韻律を、自分のテーマによって使い分けられる人のことである。「Poet」への尊敬には、難しい韻律を操る魔術師としての能力が含まれている。一方、短歌が「いい趣味」と言われるのには、伝統詩型の韻律や技を習得したことが含意される。

短歌の韻律が英詩や漢詩に比べて単純なことを考えれば、この二通りの反応は、ともに誤解に基づいてはいるが、私が問題にしたいのは、誰も短歌を「伝統芸能」だと思ってはいなくとも、あたかも「伝統芸能」のように扱われてきたことである。

短歌は詩であり、芸術であると、私はずっと思ってきた。このあたりまえの事実が、いつまでたってもあたりまえにならないところに、問題の根深さがある。

疑問その二
「短歌ではこれしかできない」という諦念や、絶望というよりも開き直りと呼びたいような言説が、短歌作者の間に、あいかわらず蔓延しているのはなぜだろうか。
また、それとは裏腹に、古今伝授というわけでもないのに、部外者には短歌の十全な鑑賞は不可能だという言説が、いまだにまかり通っている。短歌が仮に芸術ではないなら、なおさら母語話者に、直感的に「きれいな響きだな」と感じ取られることが、優れた短歌の条件ではないのか。特別に「きれい」であることだけが、絶対的な条件ではない。母語話者から見て、「これが日本語か」と吃驚するような短歌もまた、詩として素晴らしい。

子どもの頃、詩人という言葉は、小説家・作家という言葉とは異なる輝きを持っていた。遠足の作文なら小学校の勉強と同じで、精一杯頑張れば誉められるだけのものが書けるが、詩は優等生が頑張っても書けない。言葉ではたどたどしくしか表現できない人が、たどたどしいままに表現した言葉の連なりが、それだけで誰にも真似のできない心の輝きを持つことがある。

むろん、詩人であるためには、たどたどしい表現のままではいられない。詩人は、流暢な言葉を思いのままに操れると同時に、意識的にたどたどしい表現をも詩に取りこむことのできる人である。

短歌に限らず、詩にいかに深遠な思想や高等なレトリックが盛り込まれているにしても、読んでわからなければだめだと私は思う。読んでわかるというのは、必ずしも「意味がわかる」ということではない。英文学者の梅津濟美は、一八世紀のイギリスの詩人ウィリアム・ブレイクについて、彼の詩の背後にある思想などといった問題を理解することなしに、ブレイクの詩の理解は不可能だという主張に、真正面から反対している。優れた詩人の作品は、文学研究者のためのものではなく、市民のためのものだ、と彼は言うのである。解説がなければブレイクが理解できないのであれば、「それはブレイクの負けなのである」（梅津濟美『ブレイク全著作』名古屋大学出版会、一九八九年）。

疑問その三

表現の形式として、音楽でも美術でもなく、文学を選び、短歌を選んだとき、誰もが、できることなら上手に作りたいと思うだろう。しかし、自分の表現に磨きをかけようと思うときに、なぜ短歌からだけ学ぼうとするのだろうか？

「姉妹芸術」という言葉があり、それは文学以外の音楽や美術や演劇や舞踊を指す。現代では、映画や写真をこれに加えてもいい。自分の創作を極めるときに、どれぐらい姉妹芸術から学ぶかは詩人の個性によって異なるが、まったく学ばない詩人は皆無だろう。

それにもかかわらず、「短歌では、これしかできない」という短歌観を持つ人にかぎって、短歌にだけ目を向け、とりわけ自分の流派の短歌だけを学ぼうとするのは信じがたい。短歌を作ることは、テンプレートを利用してビジネス文書や儀礼文を作ることと同じではない。

われわれはどの時代に生きているのか？　短歌革新運動の明治以前か？　優れた芸術家や芸術の愛好家はみな、詩についての卓見を持っているのに、なぜその人たちが短歌の専門家ではないからといって、彼らの言葉に耳を傾けようとしないのだろうか。

私も、短歌が限界のある詩型であることを認めないわけではない。漢詩を読んだ経験があれば、音節数にしか制約がないと同時に、韻や律のヴァリエーションがほとんど不可能な短歌の単純さに、巨大文明の周縁で生まれた詩型の貧しさを感ぜずにはいられない。

しかし、われわれ日本語の母語話者に、ほかにどのような選択の余地があるだろうか？　漢詩を作れた世代はもう八十歳を越えている。短歌が石斧であって、重火器を持った人々と戦うのは不可能だというのなら、高い塀に囲まれた村の中で昔の踊りを楽しく踊っているよりは、潔く捨て去ってしまえばいい。

早急に必要なのは、短歌、俳句、現代詩の垣根を取り払うことだと、ずっと思ってきた。「一つの形式しか作らない／作れない」なんて、「詩」に対して音痴だと白状しているようなものだ。身近な素材をもとに、誰もが作ることのできる形式であるのなら、なおさらである。だが、この垣根は明治以後、ますます高くなるばかりである。そのような状況で、正しい短歌、あるべき短歌の基準を狭めることは、一つのジャンルを積極的に痩せさせるだけでしかない。

歌人は何をめざすべきなのか。それは短歌の達人になることではなく、日本語の達人になることである。ひいては言葉の達人になることだと思う。言葉の音楽性、曖昧さ、多重性を隅々まで味わいつくせる人であると同時に、ひとを酔わせ、驚愕させ、笑わせ、涙を流させる言葉を発することのできる人である。

現在、日本の詩歌の世界において、短歌が最盛期にあるとは、およそ言えないにせよ、歌人は詩人よりもやや有利な位置にいる、と私は思っている。日本の現代詩は、詩と散文の越境によって、その双方を活性化してきたが、この越境による活性化という意識が稀薄になっているところに、私は危機感を覚える。

日本の現代詩が韻文であることを捨てたのは、あっぱれな覚悟ではあったが、詩人は韻文も操れるという、日本以外の詩人の必要条件を忘れるべきではなかった。現在、優れた現代詩の作者たちは、それぞれ独自のリズムを持ってはいるが、それは本人の朗読を聞くまで、ほとんどわからない。このような状況の下では、日本語の韻文を操る者こそ、韻文と散文の越境と活性化という仕事を担えるのではないだろうか。

歌人が韻文を操れるということは、日本語の韻文の魅力を伝え、日本語の韻文のアクセシビリティ（使いやすさ）を、それを知らない人々に伝える力を持っているということである。このような歌人の機能は、それと意識されることなく、これまでも果たされてはきた。エポック・メーカーが現われるたびに、短歌というジャンルは、それに追随したり、反発したりする、さまざまな才能を引き寄せてきた。

問題は、このジャンルに偶然引き寄せられた才能を、「歌壇」が有効に活用してきたかということである。そのような才能は、他者を排除する閉鎖性や、旧態依然とした短歌の批評風土に辟易して、歌壇から退場しがちである。また、閉鎖性に取り込まれて、たちまち保守化しがちであることをどう考えるのか。

「歌壇」は、異分子による「地震」によって、いつもほんの少しだけ活性化してきたのに、なにかと村の秩序をかき乱した異分子が出て行ってくれたことに、いつもほっとしてはこなかったか。「彼／彼女」が村を活性化してくれたことをすぐに忘れて、この村の平和は自分たちが営々と同じことを守って継承しているからだ、と誤解してこなかったか。

短歌をやめる、やめないは個人の自由だが、人文学がグローバル経済の下で、「役に立たない」

という烙印を捺されて力を失っている現在、このような才能の浪費は惜しむべきではないのか。また、ときには短歌を作り、詩も俳句も作るという自在さにより、すべてのジャンルを活性化するという詩人は、なぜ現われることができなかったのか。これからも現われなくていいのか、と問いかけたい。

わからないものをわかろうとする努力もしないで、自分の美意識に合わないからといって排除する人々を、なぜ「歌壇」で多く見かけるのか、理解に苦しむ。イギリスのテート・ギャラリーのキュレーターだったジム・イードの言葉を次に引用したい。

「真の芸術家はこの世のあらゆるものを個別化し、あらゆるものに新鮮な命を与えることで世界を再創造します。芸術は自然の模倣ではなく、自然の解釈であって、われわれ芸術の鑑賞者は、芸術から自分自身が理解するもの、自分自身の経験の中でゆっくりと成熟していくものをただ享受すればいいのです。」(Sebastiano Barassi, ed., *Kettle's Yard and Its Artists Cambridge* : Kettle's Yard, 2009)

彼は続けて、リアリズム信奉について、次のように説明する。文学批評の世界では、およそ意味をなさないようなリアリズム論議を繰り返している人たちに聞かせたい言葉である。

「われわれはまだ、描かれた物を描かれた対象と比較するという唾棄すべき習慣の奴隷であり、絵をそれ自身の価値を持つものとして見ることができません。それはまるで、その人の父親を知るまではその人を評価できないと言っているようなものですが、これが今もなお、絵を見るほとんどの人々の習慣なのです。この「実物そっくりか」という態度を絵の批評に持ち込むのはもちろん非常に馬鹿げたことです。というのは、絵は音楽と同じように解釈であり、それを鑑賞し評価することでわれわれは伝統的な先入観からの解放を強いられるのです。どの新しい態度に対しても心を開くべきであり、それがわれわれの慣れ親しんだ態度ではないからと言って単に馬鹿げていると考えてはいけません。面白い形の動物を見た子どもはそれに驚きはしません。それを当たり前だと思って、真っ白な紙でその形を作り始めます。われわれは絵をこの子どものような見方で見るべきなのです。（後略）」（前掲書）

ここに示されているのは、自分にとって他者である芸術作品を受容するときの、もっとも基本的な態度である。興味深いことに、彼はテート・ギャラリーに勤め始めた第一次世界大戦直後には、現代美術を嫌悪しており、画家をめざしていた彼の美意識はジオットで止まっていた。この嫌悪感を日々接する現代美術と、その作り手たちとの交流による刺激と驚きによって、数年がかりで克服した後、彼は現代美術の最良の理解者となった。

他者に心を開くこと、精神を解放すること、それは、芸術の最大の恩恵である。さらに、他者に心を開くことは、多様化する現代社会で、芸術家以外のすべての人々にも求められることだろう。

最後に、私の現在の課題をあげたい。一五〇年後の人たちから見たときに、私たちが今生産しているテクストは、どのように見えるのだろうか、ということがとても気になる。たとえば、十年以上毎年三万人が自殺しているという日本の現実が、現在の文学テクストにどのくらい刻印されているか、ということをよく考えるようになった。

もちろん、すべての文学テクストが同程度に政治的に参与する必要はない。とはいえ、優れたリタラシーの持ち主であれば、「紅旗征戎吾ガ事ニ非ズ」といった藤原定家の『明月記』にさえ、時代を読み取ることは可能である。未来の読者から、「弱者に対して、なんてこの時代の人々は残酷だったのだろう。人々の絶望の影が、詩人のテクストにすら読み取れないとは」と嘆かれることを私は怖れる。

「新商品 iPad に「貧困」という古めかしい成分が入っていたことを、中国の生産工場の自殺者増加の報道から知りました」と、雑誌「ビッグ・イシュー」英国版の創設者・編集長のジョン・バードは、皮肉たっぷりに書いている（第九〇七号、二〇一〇年六月七日号）。

この散文の言葉が企業家の心に届くかは知らない。しかし、詩であれば、匕首となり、小型爆弾となって、時を超えて届くことが可能だろう。現実を変える直接の力になるという保証はない。詩の言葉を読んで血の涙を流すのは同時代の人ではなく、遠い未来の人かもしれない。それでも、私はそのようなテクストでありたい。

総合的に力を合わせて

「歌壇」というものがどこにあるのか知らない。現代歌人協会について、私の生涯の師、近藤芳美が「ギルドのようなものである」と書いているのを読んだときには、歌人協会会員ではない私は、少々ふてくされたが、ギルドがあるなら、楽市楽座に私はいるのだと思い直した。そのほうが「あなたの歌はアクロバットだ」と言った師も喜んでくれそうな気がする。

現代歌人協会も、短歌総合各紙誌も、確かに今日の「歌壇」を一生懸命支えているのだろうし、運営に関わる方たちのご苦労には並々ならぬものがあると思うが、歌人協会会員ではなく、短歌総合紙誌からの依頼も皆無に等しい私は、今回の企画に何を書いたらいいのか、途方に暮れる。

そういえば、去年のことだが、書いた原稿の掲載場所がなくて困ったことがあった。事の発端は、二〇一四年暮れに、職場の元同僚で心理学者の横湯園子氏の呼びかけに応えて、「女の平和国会ヒューマンチェーン」という平和運動（二〇一五年一月、六月、二〇一六年六月に、単独で国会議事堂包囲行動を実行）に参加したことだ。物を読み、書き、考える人間として、この社会に生きる息苦しさが「安保法案」という形を取って、いよいよ耐え難いものになったので、その苦しさを訴えたいと思って、喜んで参加したのだ。

生まれて初めて登壇した記者会見では、大学教授（英文学）というより、歌人を名乗り、自分の反戦詠を引用し、戦争遺児の子として、文学に関わる者として、エドワード・サイードの言う「素人」として話をした。

リーダーの横湯氏は科学の人であるからか、この運動の記録や記憶を残しておきたいという思いは持っていないようだった。そこで、言語と文学に関わる仕事をしてきた者として、この運動の意義を整理し、記録と記憶を言葉で刻印しておきたいと思って、印象記のようなものを書き、記者会見の場で名刺交換した総合雑誌（短歌に限らない「総合雑誌」）の編集者に送ったが、編集会議にさえ乗せてもらえなかった。

「歌壇」で一定の地位を築いていないために、サイードとは異なる意味で「素人」と思われたのだろう。短歌総合紙誌ならどうだろうかと思ったが、なおさら難しいように思えて、その原稿は握りつぶした（のちに東京経済大学の「人文カフェ」で口頭発表）。

専門の近代イギリス小説の学会では、運営委員会や記念論集の企画編集を経験しているので、依頼をかけたり、企画を立てたりすることの難しさはよく知っている。特定の人にばかり依頼が行くのは、故意ではなく、偶然や思い込みによることも多い。企画を立て、依頼する機関に、年齢、性別、履歴を越えて、自由闊達に発言できる雰囲気がないと、どうしても楽なほうへ流れる。同じ企画が繰り返される。新しい企画を立てても、実行するのは骨が折れる。

英文学研究の世界では、短歌結社誌「心の花」と同じ年に創刊されたという雑誌「英語青年」（研究社）が休刊後に、ウェブサイト上で健闘したあげく、終了した。そのように月刊誌や週刊誌を買って読む習慣がすたれた今、短歌総合紙誌が定期的に発行されるためには、新しい企画を立てるよりも、古くからの購読者を安心させ、依頼の順番が来ることを期待させる、従来型の誌面作りが優先されることもわかっている。

それにしても、わが師、近藤芳美が現代歌人協会会長のときには何度か行なわれたような、外国の詩歌に関わる人たちとのシンポジウムやセミナーのようなものが、最近開かれていないのは残念だ。政府間のわだかまりとは異なるところに、個人や文学は存在していいはずだ。それに加えて、日本政府のグローバル政策は、日本からの発信にはお金を出してくれるのだから、きちんと企画を立てれば、単行本を公費で出版することも不可能ではない。

二〇一二年に出版された『世界へひらく和歌――言語・共同体・ジェンダー』（勉誠出版）には、内藤明氏が「和歌・短歌と共同体」という論文を執筆し、塚本邦雄の皇帝ペンギンの歌を引用している。この論集は、索引がないという欠陥を持つために、研究書として活用するには不便だし、日本語と英語と半分ずつで一冊の書物にするために、一人一人の論文は議論を展開するのに十分な長さにはなっていないが、このようなコンセプトを持つ企画と出版物を、現代歌人協会と複数の短歌結社と短歌総合紙誌が、それこそ総合的に力を合わせることで実現できないのだろうか。

ヒントはいくらでも転がっている。昨年（二〇一五年）開催の「国際三島由紀夫シンポジウム」の盛況ぶりを聞くにつけても、塚本邦雄や春日井建についても、三島由紀夫と少し関連させるかたちを取れば、新鮮で、魅力的な文学のイベントが開ける。今までと違う形でつながること、開くこと。これはべつに短歌に限った話ではない。

一歌人の死を未来につなげるために

「戦後短歌の牽引者」と呼ばれた歌人近藤芳美が六月二十一日に亡くなって、四年目になろうとしている。彼の仕事をいかに継承するかと考えることこそ、この巨大な歌人を追悼するのにもっともふさわしい方法ではないだろうか。

私は「朝日歌壇」で、近藤芳美の選を受けたことをきっかけに二十年近く師事した者として、英文学の教師・研究者である立場から、近藤芳美を中心とした戦後短歌の今後の研究の可能性について述べてみたい。

近藤芳美は現代歌人としては、おそらく稀な芸術的関心と深い歴史認識を有した歌人である。彼がブラックやルオー、ケーテ・コルヴィッツの絵と版画を愛蔵していたことは有名だが、二〇〇六年に日本現代詩歌文学館で開催された「近藤芳美展」では、近藤家から長く行方不明になっていた上野省策の油彩画「憂愁」が展示されて、近藤の鑑識眼の確かさを改めて認識させてくれた。

この絵は、第1回アンデパンダン展に出品されたが、近藤以外一人の買い手もつかなかったという。中央に巨大な軍靴が置かれ、左上方に倒れた民衆の群、右上方に子を抱えたまま息絶えた母親、下方に不安げな二人の子ども（一人はこちらを見据え、一人は俯いている）を配したこの絵は、社会現象を長い歴史の流れの中でとらえ、インテリゲンチャとしての孤独を抱えながら、絶えず民衆に語りかけた近藤芳美の世界そのものと言ってもよい。

近藤の、バッハをはじめとするクラシック音楽の愛好もまた有名だが、現代音楽への興味は案外知られていないのではなかろうか。一九九一年に、ドイツ在住の韓国人作曲家尹伊桑《ユンイサン》が来日したとき、演奏会と講演会に出かけて近藤は、それまでの短歌とは異なる作風の連作を作っている。

尹伊桑の名をば記憶す祖国の手に或る日拉致さるるベルリンの街
息つめて今旋律であることがなんなのか奏でゆく重く暗くまた厳し
ひとりの生きしことの上音楽の君にあり弦は人間の祈念打楽器は怒り
打ちとよむ打楽器をもて告ぐるものを吾には朝鮮の記憶の痛み

近藤芳美（歌集『希求』一九九四年）

いわゆる近藤調の頑固な調べと、それとは異なる破調が一首の中で出会っている。演奏会以来、毎晩繰り返し聞いたという、この現代作曲家の手法に影響されたものであろう。尹伊桑は日本統治下の朝鮮半島に生まれ、日本で音楽教育を受け、独立運動に関わって投獄された経験を持つ。戦後は北朝鮮のスパイの嫌疑により、ベルリンで朴政権によって拉致され、その後、ドイツに亡命、「光州よ永遠に」など、鋭い歴史認識に基づく曲を多く作曲している。

尹伊桑のことを近藤に教えた、ドイツ文学者で歌人の酒井日出夫（故人）は、二人の対談を夢見て奔走し、せめて楽屋で言葉を交わすだけでもと努力したが、果たせなかった。近藤芳美がピュリッツアー賞かノーベル文学賞でも受賞していたら実現できていたのだろうか。講演会と演奏会に同席した私にとっても残念な思い出の一つである。

尹伊桑の流暢な日本語の講演に、一人の聴衆として参加した近藤が何を思ったかの一端は、短歌の形で表現されているが、対談の不成立を近藤はどう受けとめただろうか。近藤のエッセイの中で繰り返し表明されている、歌人の孤独、短歌という形式の非力と孤立であっただろうか。

未来の研究者・評論家が、この果たされなかった対談で、日本の統治時代について、歴史と芸術について、民衆と未来について、何が話されえたかを夢想し、論じることで、同時代を生きながら直接言葉を交わさなかった二人の表現者の仕事の意味について考え、「近藤芳美論」を狭い意味での歌人論や短歌論から、より大きな文脈に開放することを期待したい。

周知のように、「歌壇」内部の批評と文学研究者の批評の間には、いまだに埋めきれない溝がある。その溝を埋める努力はなされていないわけではないが、十分とは言えない。問題の一つに、現代批評理論を援用することが当然となっている近現代の日本文学研究と、いまだに作者の伝記情報や周辺の証言を重視し、理論を忌避する傾向がある「歌壇」内部の批評活動とのギャップをあげることができる。

巨大な芸術家からの影響の大きさを考えれば、近藤芳美本人に出会って何を感じたかということは、もちろん無視できない重要なことである。私自身にこの文章を書かせたのも、近藤芳美本人に出会った衝撃力によるところが大きい。しかし、作家論を狭い興味の範囲内から開放し、より多くの読者の前に人間と歴史の問題として繰り広げるためには、ジェンダーや、ポストコロニアリズムなどの現代批評理論が有効な道具となることはまちがいない。

とりわけ、近藤芳美の場合、植民地体験と西洋志向――たとえば、戦時下の朝鮮神宮での洋装による結婚式の写真――の読解には、表象理論やポストコロニアリズムの視点は不可欠であろう。和歌の伝統とは異なる短歌のジェンダー化が、「アララギ」を中心とする近代短歌の構築という必要性からなされたあと、近藤芳美の許に多くの知的な若い女性歌人が集まったことの意味も、ジェンダー論によって論じるべき問題である。

以上に述べたことは、歌人であり、英文学研究者である私自身の課題でもあるが、生前の近藤芳美に出会えなかった若い世代、戦争体験を体験者から直接聞くことができない未来の世代に、取り組むべき課題として託したいと思う。

「国家」を歌う者は誰か？

職場の大学の「九条の会」に入っている。国際法や政治の学習会には参加しないで、高遠菜穂子さんの講演会や、「ガイサンシーとその姉妹たち」の上映会のお手伝いはするといういいかげんな会員なのだが、なぜか学部の世話人の一人になっている。

イベントの後の懇親会に参加すると、学生からも、教員や地域の方からも、「英文学が専門のあなたが、なぜこの会に参加しているのですか？」と必ず聞かれる。「現代の英米文学批評はジェンダー批評やポストコロニアル批評などのように、文学の旧来の守備範囲を超えて、現実との関わりを可能にしたから」などと答えても納得してもらえない。

納得してもらえるのは、私が短歌を作っていて、近藤芳美に師事していると説明したときだ。今の大学生には、近藤芳美がどのような仕事をしたかから始めなければならないが、中年以上の人には、その説明は要らない。「朝日歌壇」の「近藤芳美選歌欄」を愛読していた人も多い。「近藤芳美さんが亡くなってから「朝日歌壇」は「今朝茶柱が立って嬉しい」みたいな、ちっぽけな歌が多くなりましたね」とは、同僚のドイツ文学者の鋭い指摘である。

近藤さんの仕事が文学と社会の関わりとして評価されているのはほんとうに嬉しいが、最近の短歌が、果たして文学と社会の関わりについて思考を続けているかというと、とても危ういものを感じる。

「短歌の伝統」とはよく言うが、近代国家における伝統とは構築されたもの、もっとわかりやすい言葉で言うと、捏造されたものだ、ということをほとんど誰も考えていない。たとえば、平成天皇制の下で再構築された「歌会始」。少なくともマスコミ報道のレベルでは、ここで披露される歌は和歌ではなく、短歌ということになっている。

この新しい伝統の構築に、歌人がどのように関わっているか、自覚的な歌人が何人いるだろうか。これは、誰々が歌会始の選者に選ばれたことを批判する、というようなことではない。数名の歌人がこの制度に組み込まれることで、歌人一般、あるいは短歌という文学形式が、どのような位置づけをされているかということに、もっと自覚的にならなくていいのかと思う。

現代では、権力について語るとき、悪辣な権力者と善良な民衆、というような単純な二項対立では説明できなくなった。私たち一人一人が、知らないうちに権力を下支えして、権力の存続に力を貸している。時代が変わっても、「政治」を嫌いつづける日本人の存在こそ、このような権力の存続にうってつけの存在ではないか。

そのような手ごわい権力を覆す契機を見いだすことが、現代の文学批評、創作活動であるはずなのだが、歌人も、文学研究者も、もうすこし頑張れよ、と自戒をこめて思う。

標題はガヤトリ・スピヴァックとジュディス・バトラーの対談集の翻訳（岩波書店）より拝借した。難解をもって知られる思想家二人だが、対談集は比較的読みやすい。歌うのは、「国歌」

ではなく、「国家」であることに注意してほしい。

父の一族の記憶

泣きながら父が見送りし祖父の忌よ家族史の中に戦争はあり　大田美和（歌集『きらい』）
「ところにより雨」なら必ず降るあたり高知県安芸郡馬路村　同（歌集『水の乳房』）
声低くかつての存在を主張する戦場からの祖父の絵はがき　同

ニューギニアで戦死した祖父をめぐる家族の記憶の物語は、とぎれとぎれに私に伝えられた。祖父の出征のとき、まだ三歳だった父が、「行かないで」とトロッコ列車を泣きながら追いかけたこと。戦場から日本に戻ってきた白木の箱には、現地の砂と石しか入っていなかったこと。戦後の高度経済成長期に、一族の中でただ一人上京した父に、祖母は長い間「父のお金です」と言って、遺族年金の一部を送ってくれていた。

祖父の出征と戦死に対する「しかたがなかったのだ」という一族の態度は、靖國神社に対する態度にも表われている。父の実家の仏間には、若い兵隊姿の祖父の写真と靖國神社の写真が並んで飾られていたが、英霊が祀られている有り難い神社だから、その写真を飾るというよりは、国家がここに彼が眠っているというから、写真を飾り、参拝もする、というように見えた。

祖父は、村の兵隊学校の先生として教え子を戦地に送り続けることに耐えきれず、辞職すれば自分にも召集令状が来るとわかっていたのに、辞職したという。自分からいたたまれない気持になったのか、それとも周囲によって（たとえそれが悪意ではなくても）追い込まれたのか、その心境を確かめる術はない。三十歳で、三男一女を育てるために食堂を開いた祖母に、何を思って戦後を生きたのか、聞くこともついになかった。白髪のない黒髪が自慢だったことと、祖父の五十回忌をすませるまでは死ねない、という気概だけが思い出に残った。

私が大学に入学したとき、伯父は「早稲田か。それなら澤地久枝みたいにならんとな」と言った。父が愛読していた週刊誌に連載されていた『ミッドウェー海戦』を私も読んでいたが、自分にそこまでの仕事ができるだろうかと身震いがした。彼は私に、「女はおいちゃんのような消防士にはなれんぞ」と説教したこともあったが、小学生の私に、「本を読むのが好きなら、将来は学者になるか」と励ましてくれた人でもある。

私はこの人たちの思いを代弁することはできないだろう。しかし、彼らが確かに生きていた記憶、語り伝えられるうちに形を変える不確かな記憶の物語に刺激されて、表現者である私は表現せずにはいられない。たとえ、その表現が彼らの意に添わないかもしれなくても。国家の歴史の中に個人がいたのではなく、家族の歴史の中に戦争があったのだ。戦争とは、個人としての生をささやかに全うしようとしていた人々に、国家によって加えられた理不尽な暴力である、という思いは今も変わらない。

スキャンダル、時代、制度

「嫁さんになれよ」だなんてカンチューハイ二本で言ってしまっていいの

俵万智（歌集『サラダ記念日』）

「これが短歌なのか？　文学なのか？」と歌壇のみならず、日本中で議論を巻き起こしたカンチューハイの歌は、結局のところ、定型の枠を守っていること（短歌形式の基本）、愛唱性があること（名歌の基本条件）、誰もが共感できる感情を短い的確な言葉で表現したこと（詩の役割の一つ）、一首の中の語が曖昧でなく明確な一つの意味に限定されていること（近代短歌の基本条件）を主な理由として、すぐれた短歌として認められた。

これに加えて、一首から立ち上がる女性像が、現代女性らしい心の振幅を持ちながら、多数の人に好感を与える女性像になっていることも、この歌の「歌壇的認知」につながったと言える。『サラダ記念日』現象が現代短歌に与えた最大の貢献は、これまでも繰り返し指摘されたように、暗く生真面目な短歌的抒情からの解放であり、現代人のどんな感情でも定型の枠内で自在に表現できること、すなわち短歌という器の融通無碍の発見だろう。その結果、短歌という器に何が盛られるかは、作者の判断に任されることになり、旧来の短歌にはなじめなかった多くの才能を、短歌形式に招来する突破口を開いた。

しかし、それと同時に、このスキャンダラスな一首が認知される過程で、短歌という制度の再確認がなされたということも、忘れてはならないだろう。短歌では何でもありだと言いながら、「歌壇」がすぐれた歌とみなす短歌の評価基準はさほど変わっていないし、新しい才能の参入にふさわしい新しい読み手（批評家）も育っていないように思われる。第一に、詩であることよりも、短歌であることがまず要求される。短歌は文学かという問いかけが繰り返しなされるのは、短歌は特殊だという暗黙の了解があるからであろう。現代文学や現代詩の批評の潮流は、現代短歌には必ずしも適応されない。

たとえば現代詩では、意味の伝達にとどまらない多義性や、曖昧さが高く評価される。しかし、短歌では、そのような試みは否定される場合のほうが多い。俵の歌の弱点と思われる平板さは、現代詩から見れば、一語の意味が極度に限定されている（「カンチューハイ」の場合は商品記号以上の意味を与えられていない）ことに起因していると言えるだろう。

しかし、一語の意味を限定するということは、短歌の世界から見れば、近代短歌の基本を忠実に守っているということになる。このような批評の「場」には、新しい読み手（批評家）が参入する余地はほとんどない。

短歌形式の融通無碍については、河野裕子が、歌を作り始めた娘、永田紅にこんなことを言ったという。「好きなように歌いなさい。短歌形式はどんなものでもやさしく抱き取ってくれるから」。母親らしいやさしい言葉であり、私もできれば、後進にそのような指導をしたいと思う。

しかし、短歌形式はともかく、短歌という制度は、どんな赤ん坊でも受け入れるやさしい母親ではない。短歌という制度は、自民党のように、あるいは天皇制のように、時代の多数派の要請をすばやくキャッチして、生き延びるしたたかさを持っている。俵の歌は、その短歌という制度に、同じようにしたたかで包容力のある言葉を抱き取らせた。それは、誰にでもできることではない。けれど、そのように制度を全面的に受け入れた作品が、真に時代を動かす、スキャンダラスな作品かというと、疑問が生じる。

短歌が文学、芸術であって、芸術というものが既成の価値観を疑い、時にはそれを破壊するものであるならば、短歌形式を揺さぶり、中に眠っている赤ん坊を揺りかごから落として、殺しかねない冒険をしている歌こそ、私は真にスキャンダラスな歌だと呼びたい。

短歌という赤ん坊は、すこし揺すぶったくらいでは死にはしないのだ。しかし、これまでのところ、そのような暴挙に出た者は、「彼／彼女は歌が作れなくなったのだ」という引導を渡されたり、「彼／彼女は歌がへたになった」と否定されたりしてきた。短歌形式は、確かにどんなものでもやさしく抱き取ってくれるが、短歌という制度は、それを踏み外そうとする者は厳しく罰するのだ。

『サラダ記念日』以後、短歌の見かけの新しさに引かれて短歌を作り出した者は、短歌という制度に対して、もっと自覚的になり、自らに問いかけるべきではないだろうか。俵の歌は短歌という制度を全面的に肯定して、その枠内で一つの世界を構築した。しかし、自分はどうするつもりなのかと……。ひるがえって、「おまえはどうなのか」と問われれば、自らの稚拙な作品の前に立ちつくすばかりなのだが……。

私はある美術展（＊註）で、長く無視されてきた女性画家たちの作品から、次のようなメッセージを受け取った。これは、短歌という制度に対する、現在の私の態度でもあるだろう。

叩きつけ描きなぐるべし油絵がやがて絵として破綻するまで　大田美和

＊註　「奔る女たち　女性画家の戦前・戦後一九三〇―一九五〇年代」展（栃木県立美術館、二〇〇一年十月二十一日（日）―十二月九日（日））

短歌とフェミニズム

「お姉ちゃんは「極左」のフェミニストだと思っていたのに、フツーに結婚するのね」と妹に非難された。今年の五月、恋人を初めて実家に招待したときのことである。

私は、結婚しないのがフェミニストだ、などと言った覚えはないし、男嫌いどころか、男好きなのだ（笑）が、小倉千加子さんの「嫌いなもの——結婚しているフェミニスト」という発言が一人歩きしたため、そんなことが言われるようになったのだろうか。「身近な人間にさえ、自分という人間を理解してもらうのはむずかしいなあ」とため息が出る。もっとも、専門の英文学を離れると、フェミニズムをあまり語らない私の怠慢こそ、責められるべきかもしれない。

私が自分で名乗る前からフェミニストと名指されるようになったのは、早稲田大学を卒業して、東大の大学院に入ってからのことだ。朝日新聞に私の短歌を紹介する記事が載って、英文科の研究室の人々に私が創作していることが知られただけでなく、大学院の面接の際、こんな歌を作っていたこともばれてしまった。

フェミニズム論じ面接室を出て教授は男ばかりと気づく　　大田美和

短歌とフェミニズム、あるいは相聞歌（恋の歌）とフェミニズムというと、おかしな組み合わせだ、と言って笑い出す人がいる。恋愛や恋愛文学には、異性の神秘化が不可欠だと考えているのだろう。

私にとって、恋愛という経験は、他の出会いと同様に、世の中にはこれほど多様な生き方や考え方があるのだという発見の連続だった。だから、思い出したくもないような別れのあとでも、「もう、男なんて信じない」と思ったことは一度もない。男という種族、あるいは女という種族に、若干一名（数名？）気に食わないやつがいても、それをその種族全体のせいにすることはないではないか。もちろん、腹に据えかねるような発言をする人もいる。次は、そんなときにできた歌である。

酔えばすぐ女ってものはと言い出すが何人女を知ってるのやら　大田美和
聖母などとわれを崇める男いて気楽ねと言い友と酒飲む　同
うちの女房よりすごいなとほめられて缶蹴りながら一人で帰る　同

私は特別に他人と違うことをやっているという意識はないが、一般に言われていることと自分が肌で感じたことが違っていると、それは違っているんじゃありませんかぁ、と言ってしまう癖がある。私の歌を〈ポストフェミニズムの歌〉と言う人がいるが、そのような主義を標榜しているというよりは、私は感じたことをそのまま述べているだけだ。

びしょぬれの君がくるまる海の色のタオルの上から愛してあげる　大田美和
性とは隠微なものだと言った男らと億光年を離れて眠る　同
「女の子と議論をするなと言われた」だって私はベッドで「ジャーナル」を読む　同
ピサの斜塔みたいに食器積み上げて口笛を吹く主夫になってよ　同

このような歌を読んで、まだ甘い、男に媚びている、と手厳しく批判する人もいるが、私はなにも、男が憎らしくてフェミニズムをやっているわけではない。

しかし、イデオロギーや、主義主張というものを四角四面にとらえている人は、まだまだ多い。以前、サルトルの臨終のエピソードについて、私にこう語った人がある。

「ボーヴォワールは実存主義者で、死後の世界など信じていないはずなのに、サルトルが死んだとき、ひととき添い寝をしたいと申し出た。その願いは、すでに壊疽が始まっていたためにかなえられなかったんだが、人間、いざとなると、主義主張を捨てて、感傷的になるものだね。」

それは、ちょっと違うんじゃないかな。人間の自然な感情の発露を妨げるのではなくて、それを自由に発揮させることにこそ、イデオロギーや主義主張は力を貸してほしい。フェミニズムについて、友人の手紙に、次のような言葉を見つけたとき、私は大きくうなずいた。

「一人一人の人間が自分の生きたいように人生を生きるために、因習を取り払い、個人の選択の自由を保障するものとしてフェミニズムがあるのだと思います。」

この言葉は温もりをもって、いつも私を励ましてくれる。

寂しき努力　真下清子論のこころみ

『未来歌集』（昭和二十八年）中の歌集『冬薔薇』の「序文」に真下清子は、「今後とも努力を続けたいと思ふばかりである」と記している。はじめての歌集の「序文」に、今後も努力したい、と書くのは一種の決まり文句かと思ったが、すくなくとも『未来歌集』の場合、そうではない。最初の歌集を出す若者の意気込みを感じさせるような「序文」のほうが目につく。

もっとも、河野愛子は「もっともっと勉強しなくては」と書き、川口美根子は「ひたすらに人間としての深い集中を学びつづけてゆきたい」と書いているが、それらと比べても、真下の「序文」の、つつましく、きまじめな感じは群を抜いている。

真下の歌から受ける印象も、彼女の「序文」から受ける印象に似ている。

奔放に生くる空想も怡しくて今日母にもつ小さきいつはり　真下清子
酔ひし男一人すぎゆき宵深き窓に汚れしパフ洗いをり　同

「奔放に生くる空想」よりも、「小さきいつはり」にこだわるきまじめさ。若い女性にとって、酔漢は言うまでもなく、化粧さえ、自然の美を汚すことのように思う潔癖さ。このような感性は、相聞歌や登山の歌の中で花ひらく。

善意のみ満ちたる明日が来る如く優しき声を聞きて眠りぬ　真下清子（以下、同）
囁き合ふ如くやさしく雪渓のいづくにかせせらぐ水の音する
清らかな白き手のみを記憶して初めての逢ひとりとめもなく
力一ぱいの抵抗として君に会わぬ日日雪白き山憧れき
冬に入る朝朝死にてゆく雄蜂きびしきことを又一つ知る

今あげた歌のうち、四首目は、少女のいじらしい恋として共感できるとしても、五首目は、あまりにもあどけない現実認識である。純粋さを恋う気持ちがはらむ危険を真下自身も知らなかったわけではない。

理想のみに頼らむとせしわが脆さ早く指摘せし君が死伝ふ　真下清子
山にかけし夢幼しといひ切りし男の友の一人ありたり　同
夢見る人と或時言ひし言葉永くわが生き方を不安にしたり　真下清子『冬薔薇』
わが生き方を危がりゐる一人にてリアリストな測量技師の君　同

このリレー連載で前回取り上げられた村井義子が、「生活と「未来」という短歌集団の理想」の間で苦しんだのに比べて、真下の場合は、よりロマン派的な傾向があり、生まれつきの個性として「清潔な知性」を持っていた。そのような知性が時代と出会った歌として、共産党活動に打ち込む恋人との別離をうたった作品もある。

みよりなく党に生きゐる君が部屋に或夜は主人の如くわが居り　真下清子『冬薔薇』
思想的には白痴になつて生きたしと呟き涙溢れて立てり　同
エスカルゴと君が親しみ呼びし書斎に手足冷くなりて眠りつ　同

しかし、真下にも、生活とぶつかり、それに敗れてゆく歌がある。

食事して唯寝るだけの部屋を持ち学びて得たることも忘れつ　真下清子
見守られ学びし日のみ自由ありき馴れて深くは思はざりしか　同
言葉荒くなりつつ勤に馴れゆくに老いづく母のむなしかるべし　同

生活の中で、無残に摩滅してゆく詩。ここには真下らしさは微塵も感じられない。
三國玲子は、真下の「深山の雪や空気の匂いをまぢかに感じさせる清浄な詩性」を讃えながら、この可憐さや、純粋度が年齢を越えていつまで保てるかと危惧している（「未来」昭和三十年〔一

九五五）一月号）。そして、「現実に密着し、自らの生活の場から歌い上げるような気迫は感じら

れない」と批判しながら、『未来歌集』中の「わが垣に凭れゐしといふ青年を君とつたへて又責

めて来む」「ためらひて恋を告げゆきし大工の青年煙草も吸わぬ性さびしけれ」の二首に注目し、

従来の真下に見られないこのような人間的な臭み――粘っこさに新しい展望がひらけると期待し

ている。

しかし、純粋度の高さを年齢が上がるにしたがって落としていくのも、それが自発的なものでなければ、もう一つの「望まれる女性像」ではないか。人間同士の営みの醜さを嫌って、短歌の世界から去り、深山に身を隠してしまったような真下に、この方向での発展があったとは私には思えない。

それでは、三國が真下の長所であり短所であるとみなした、想像力によって舞台装置をこしらえる技巧を生かすことはできないだろうか。現在なら、それも一つの突破口になったかもしれないが、「アララギライン」を批判しても、技巧だけの歌は否定する時代にあっては、この方向で伸びていくことは至難だっただろう。

真下の歌の特長である、（1）清浄なものへのあこがれ、（2）現実に対する挫折感、（3）他者の発言を借りた自己批判、これらをうまく融合することはできないだろうか。清浄なものにあこがれる自らの生き方を批判する他者の目を内在化しながら、詩の美しさを諦めないという生き方はないものか。こう考えてみたとき、彼女の歌のうち、ただ一首がこの点で成功しているように思われる。

墓の柵白し亡き人も若ければ寂しき努力をして死にゆきし　真下清子『冬薔薇』

「寂しき」という形容詞が卓抜である。亡き人や、「私（作者）」のしてきた努力を相対化しながら、「はかない」とか、「むなしい」という言葉で否定せず、「寂しき」と言うことで、その努力の価値を精一杯守ろうとしている。

この歌の直接の動機は、おそらく作者が個人的な思いを抱いていた死者の墓を訪れたことだったろう。しかし、できあがった歌は、人の死に出会って人生の寂しさを初めて知った少女の個人的な感傷にとどまらず、当時の多くの若者の共感を呼んだ。

この歌の共感の地平は、発表後数十年を経て、さらに広がっているように思われる。たとえば一九九一年の「未来」四十周年記念の企画「千人交響曲」に寄せられたエッセイから引く。

「「寂しき努力をして」というところに、思いを表現に移す、歌ってゆく営為の意味と、技を見ていたと思う。……今も尚、少女の日の自分の心が返ってくるし、静かな寂しい痛みがある。」　鎌田弘子

「「寂しき努力」とは何であろう。時代を想えば反戦の類か。激動の昭和が終わった今、私はまったく個人的なレベルで「寂しい努力」をしていた少女の私を思い出し、その屍を見るような思いに駆られる。」　星河安友子

解釈の広がりを許し、時代を越えた鑑賞が可能な歌なのである。すぐれた詩は、予言の力を持

つ。この歌は、作者の意識しないところで、二つの予言をすることになった。一つは、相良宏、福田節子らの早すぎる死（二人の死はこの歌の後）。もう一つは、真下自身の短歌の世界からの退場である。「去っていった人はこの世からいなくなった人だよ」と近藤芳美がいつか言ったが、「未来」創刊号（昭和二十六年（一九五一））の巻頭を飾った真下は、昭和三十年頃、「未来」から姿を消して、「亡き人」になってしまった。

『未来歌集』の「序文」に「今後とも努力を続けたいと思ふばかりである」と書いた真下である。真下自身の行為が「寂しき努力」であった。人間の営為を寂しいと感じるのは、近藤芳美の哲学にも通じて、べつに女性に限らない思いなのかもしれない。しかし、さきにあげた鎌田や星河の言葉からうかがえるのは、この時代に少女歌人として出発したすべての女性が、寂しい努力をしていたのではないかという暗い憶測である。

（註＊引用歌は『未来歌集』と記したもの以外はすべて「未来」に掲載されたものです。）

古屋茂次さんのこと

中野サンプラザを会場として、毎月開かれていた、八〇年代終わりの「未来」東京歌会……。二次会、三次会と店をはしごすると、かならず残っておられたのが古屋茂次さんだった。世間知らずの私にも、人並み以上に苦労をしたために、身体を痛め、実年齢より老けて見えることがひと目でわかる人だった。

酔うとかならず、「大田さん、一番大切なものは「基本的人権」ですよ」が口癖だった。あの口吻は忘れられない。お酒の席にも、かならず愛児の真理さんと真さんの写真を携えてきていて、愛おしそうに見せてくださった。

あの頃のことを、歌会の好敵手で、今は連れ合いとなった江田浩司に聞くと、「ほんとうに何度も絡まれて、困った」としか言わない。小柄な古屋さんがビールを注ぎに来たかと思うと、今度は背の高い大杉喜久男さんが日本酒を注ぎに現われて、ときには二人から同時に勧められたから、確かにたまったものではなかっただろう。

私には、悪酔いした人にも、嫌な顔一つせずに相づちを打つ青年の優しさが、生涯の伴侶を選ぶ決め手となった。

古谷さんも、大杉さんも、酔うにつれて話が長くなったが、私はお二人の話は嫌いではなかった。「近藤芳美選歌欄」の歌人ならではの話が聞ける貴重な機会だった。戦地で、便所に立った同僚が戻ってきたときには発狂していた、という大杉さんの話は、このときに聞いた。古屋さんは、その日の歌会で、表現力不足を批判された歌の背景を語られた。

治安維持法知らぬ五歳の心にて夜半をばなぜと呼子笛聞く　古屋茂次
思想にて逮捕されたる人にして呼子笛聞く五歳のこころ　同

可愛がってくれた近所の人の家に、ある晩、突然、特高が来た。容疑者発見を伝える先遣隊の呼子笛が鳴ると、合図に応えた他の特高の男たちが集団で踏み込む。逮捕は一瞬で終わり、夜の静寂が戻ってきたが、幼い心には、深夜の呼子笛の鋭い響きが突き刺さるように残された。
「優しかった小父さんがなぜ？　あの小父さんが悪いことをするはずがない、と子ども心に思いましたよ。あれが自分の思想的原点だと思う」と古屋さんは語った。「なぜ」を言葉にできない子どものもどかしさが、そのままたどたどしい文体に表われている。古屋さん自身、のちに組合活動に邁進した末に、レッドパージで職場を追われた。古屋さんの歌は、一つの時代を誠実に生き抜いた人生の歌である。

三十余年前君国鉄を追われしか我も追われき日立製作所亀有工場　古屋茂次

高所恐怖言えず雪降る足場にて今日の受験の我が娘想えり　同

われ死なば真理や真など悲しかろ何もできない父であったが　同

じゅーいちと鳴きゆく夜の一羽あり仰ぎて一人甲斐のやまなみ　同

二〇〇四年に遺歌集『じゅーいち』（古屋真理編、そうぶん社出版、二〇〇四年）をいただいて、亡くなられていたのを知った。せめて御仏前に手向けたくて、お嬢さんにサクランボをお送りした。信条のために家族を不幸にしたことに苦しんだ古屋さんに、家族に真っ直ぐな愛を伝えられなかった太宰治と一脈通じるものがあるような気がしたからだ。

お嬢さんに初めてお電話して、生前にお世話になったお礼を伝えた。お話しするうちに、私もお嬢さんも涙声になり、電話ではあったが、手を取り合って泣いたように、泣いた。

生命の花　三宅霧子歌集『風景の記憶』について

三宅霧子は「思考しながら書く人＝エッセイスト」だった、と嬉しい発見をした。

第一歌集『霧子』は、大陸から引き揚げて来て、家族を養うために働かざるをえないところから始めて、労働を喜びとも、プライドともしていく過程が、

実力のなきは蹴落とされゆく現実に男をみなの区別はあらず　　三宅霧子（歌集『霧子』）
金銭にかかはりてあくせくとすることも或る時はわが張合ひとなる　　同

という歌として表われる一方で、「あとがき」に、女の経済的自立と精神の自立の重要性に気づくまでの心境が語られる。

「女の精神の自立などとえらそうに申しましても決して肩肘張ったものではありません。精神生活の闊達、自在と申しますか、ふくらみ、ひろがりのあることは、男、女と別けられた人間の生活を豊かにすると思いますし、自分の足は自分で土を踏みしめていなければいけないと思うだけのことです。」

日常の中からつかみだした、生活の思想と呼びたいような考えであり、戦後の社会史の資料となる証言である。

第二歌集『罌粟岬』の「あとがき」には、定年以後の夫との関係を、男女一般の問題として考えようとする姿勢が見える。

「考えてみますとこれは、男である夫を通し、また妻と呼ぶ女の己を通したにんげんの生き様であって、日常を消してはうたい得ない自分が、むしろ平穏とも呼ぶべき日々の生活のなかで、こうした夫婦という具体を発条にして男女のありかたを見つめていることにもなろうかと思います。」

しかし、一冊を読み通して気づくのは、三宅の短歌には「あとがき」から想像できる生活や思索がすべて表われているわけではないことだ。なぜ、そうなったのだろうか？

短歌とは何かと問うに傍らの湯呑みの影をさしたまいしよ
三宅霧子（歌集『風景の記憶』）

これは、確かに短歌の本質を突いた言葉だが、この教えを守っていくかぎり、三宅はその思索を歌では表現できなかったのではないだろうか。しかも、十年ほど前までは、散文を書くと歌が荒れるとよく言われたことを考えると、三宅の場合、エッセイストとしての優れた資質が、歌集の「あとがき」という形で、わずかに表現の場を見いだしていたように思えてならない。

季節のコート作るわが勤め平凡なる型のみが売れてゆく　三宅霧子（歌集『霧子』）

肋より生れし神話を喜劇としチエ・デザインルームの灯をぞ消す　同（歌集『黄金井川』）

服飾デザイナーとしての気負いと現実に売れる商品との齟齬を詠った歌であるが、これを、作りたい歌と評価される歌との乖離の比喩、と読んでみたらどうであろうか。

もっとも、三宅は、「湯呑みの影」の教えにずっと忠実だったわけでもないようだ。まず第一に、

青空の傷よりこぼれ来るものを風花と詠みて咎められにき　三宅霧子（歌集『風景の記憶』）

という歌にあるように、美に流れる傾向を戒められながらも、頑固に自分の美意識を守り続けた人だった。

けれど、美意識だけを三宅の歌の特長とするのは早計であろう。たとえば、夫の死の前後の一連の作品は、美の世界の構築だけにとどまらない、さまざまな技法の試みが見られる。

きみはいま心臓破りの丘走る呼吸数値ああ百九十四　三宅霧子（歌集『北辺唱』、以下同）

亡きひとの唇に唇よする一瞬を永久と思えよ夢かともまた

肉うすく締まれる唇に感官のいずこか醒めて不埒なる妻

われを呼ぶ鈴の音がする日にいく度空耳にして音うるわしき
あっけなく死を許したるいちにんに天の翼の間に合わずけり
写真の前には何も供えませせぬひもじくあらばお帰り下さい

耽美的な歌のあいだにある作品に注目したい。たとえば、「きみはいま」の歌は、臨終の夫をマラソンランナーに見立てるという奇抜な発想によって、「死なないで」という家族の願いをランナーへの応援と重ねて強調すると同時に、歌人である妻の冷静な目に曝されるランナーの孤独をも浮き彫りにする。

その次の告別の二首のうち、「亡きひとの」は、ここまで美しく詠い上げる技量は別として、ほかの歌人でも作れる歌だが、「肉うすく」のほうは、凡百の夫恋いの歌とは一線を画する。河野多恵子の短編小説「半所有者」(二〇〇一年)ほど露骨ではないが、屍姦という禁忌に迫り、自らを「不埒」と呼ぶことで、理想の妻を求める世間に対して不敵な態度を見せつける。

最後の歌は、生前の夫婦の葛藤と死後の哀惜が同居する人間存在の不思議を語ってやまない。

晩年の一人の生活のなかから生まれた歌、

ヒール高き靴は穿くなと子はきびし生きてゆくにも知恵がいります
三宅霧子(歌集『風景の記憶』、以下同)

死者どっとなだれ込みくる夜の扉あけまいぞあけまいぞでも何の為

「冬眠中」の札を掲げて炊く飯の白さよ生きているああ生きている

は、三宅の歌の到達点であろう。制御された言葉の果てに漏らされるつぶやきが、心にしみる。さらに興味深いのは最晩年の歌で、睡眠剤の多用によって痴呆が早まる不安と、進み行く老いのなかで、一種開き直った心境が見える。

青一天昼の眠りの深からずありのままなる尿意もよおす　　三宅霧子（歌集『風景の記憶』）

俳味と哲学　沖ななもの歌

沖ななもの歌は、近代短歌にありがちな情緒的な人生物語を拒絶する。人間の生も、植物や動物の生も、無生物の生さえも、同一線上に歌われる。

氷塊が液体にもどるせつなさに嗚咽をもらすことあらざるや　沖ななも（歌集『三つ栗』）

この歌は、氷塊が液体に戻る刹那に音を立てることがあるのだろうか、というリアリズム短歌を念頭に置いた狂歌なのだろうか。そうだとすれば、「刹那」という語の音が「せつなさ」という語を呼び、氷塊に命があれば、「音を立てる」のは「嗚咽」だという連想がわいたのだろう。それにしても、「嗚咽をもらすことのあらずや」ではなく、わざわざ「あらざるや」としているのは、「あるわけないだろ」と言っているようにも聞こえる。

ねがえりをうちたるようにこの世からいなくなりたりふいに一人が　同

寝返りを打つのを見て喜ぶのは、わが子の初めての寝返りに対してだろう。その後の人生では、寝返りは不眠の現われだったり、隣に眠る薄情な男への恨み言に使われたりするぐらいで、いよいよ年を取って、自力で寝返りが打てなくなると、褥瘡ができて大変だ。

この歌は、そのいずれでもなく、この世からあの世へ不意に行ってしまったことを寝返りにたとえて、読者の意表を突いている。あっけない死があるにしても、それを寝返りにたとえるとは、どういう了見か。しかし、事切れるとは、そこに感情が介在しなければ、一瞬の動作という点で、コロンと寝返りを打つのと変わらないような気もしてくるから、不思議なものだ。

　　私は、わたしはと言いて言いよどむ私とは誰だ　誰だわたしは　　沖ななも（歌集『白湯』）

散文的に見えながら、韻律を自在に操っている歌である。「言いよどむ」までは、言葉どおりゆっくり進み、その後、急に加速する。下の句のリフレインの倒置は鮮やかで、「誰だわたしは」の剣幕にすこし驚かされる。心を落ち着かせてもう一度読むと、一字空白の位置に鏡を立てているようでもある。自分に苛立っているとも、酔ったふりをして周りの人間をからかう言葉とも読める。

ここに、短歌の「わたし」についての問題提起があるわけではない。疑問を投げ出すことが産み出す効果のほうが重要なのである。

以上のように、沖ななもは静物画（スティル・ライフ）を得意とするが、その方法はリアリズムとは異なる。しかし、興味深いことに、師である加藤克己の短歌よりも韻律に乗り、短歌らしい姿を保っている。沖ななもの短歌がどのような文学の系譜に属するのか考えるとき、参考になりそうなのは、島内裕子が指摘する『枕草子』と俳諧の親近性である（『日本文学概論』二〇一二年、放送大学教育振興会）。

沖ななもの短歌にある俳味と、ある種の哲学。短歌は通常考えられているほど、俳句と異なるジャンルではないのかもしれない。

メール対話＊

短歌形式で外国文学と外国語を活性化できるか

小林久美子＋大田美和

大田美和から小林久美子さんへ――。

はじめまして、大田美和です。小林さんとは同じ「未来」の会員ですが、一度もお会いしたことがありませんね。

小林さんの外国語体験ということでは、ポルトガル語が公用語であるブラジルで何年か暮らしていらしたのですね。私は英語と英文学の教師をしていますが、どうにかモノになった外国語は英語だけです。フランス語は日仏学院で半年習ったことがあります。大学時代に第二外国語としてドイツ語を勉強し、大学院受験時には３０００もの単語を覚えました。けれど、今はすっかり忘れてしまいました。

外国映画を見るのが好きなので、ロシア語やスペイン語やイタリア語の挨拶や決まり文句、その言語特有のリズムや響きはわかりますが、話せるというようなものではありません。実際に付き合いのあった外国人は圧倒的にアジア系の留学生が多いです。でも、中国語や韓国語はヨーロッパ系の言語ほどはわかりません。

小林さんが、昨年、お出しになった第二歌集『恋愛譜』（北冬舎刊、二〇〇二年）を楽しく読ませていただきました。その「V章」の「あさごはん」について、感想を述べてみます。『恋愛譜』を読んで、まず印象に残ったのが、この章でした。私はポルトガル語は全然わからないのですが、音のひびきの楽しさで、ポルトガル語のほうも、日本語のほうも、声に出して読んで楽しみました。

一首目の「かふぇ　だ　まにゃん　あまにゃん　で　まにゃん　かふぇ　こん　れいて　えうん　ぽん」「あさごはん　あしたのあさは　かふぇおれと　ひとつのぱんを　たべようかな」は、「まにゃん」が三つあって押韻しているのが、とても気持ちいいですね。「かふぇおれ」も「ぱん」も外来語で、ひらがな表記ですが、「ひとつのぱん」は英語では「a slice of bread」となりますが、ポルトガル語にはこの「a slice of」という言い方はないのでしょうか。それで、日本語のほうも、「パン一枚」ではなく、「ひとつのぱん」になったのでしょうか。もしそうなら、この歌はポルトガル語の歌が先にできて、次に日本語の歌ができたということになりますね。

ほかの歌もそうなのでしょうか。それとも、押韻のある歌はポルトガル語からで、あとはどちらの場合もあるのでしょうか。また、「パン」という日本語は、たしか室町時代頃、日本に入ってきた言葉ですが、ポルトガル語の発音は、「ぱん」より「ぽん」に近いのですか？

二首目の「すうこ　で　ららんじゃ　すうこ　で　まもん　すうこ　で　りもん　とどす　せん　じぇろ」も、「すうこ」が三回繰り返されていて、気持ちいいです。「すうこ」は「じゅうす」のことなんですね。「まもん」と「りもん」も、「もん」という音で脚韻を踏んでいますね。面白かったのは、日本語の歌のほうが、「おれんじじゅうす　ぱぱいあじゅうす　れもんじゅうす

みんな こおりなし」と、下句が字足らずになっていることです。上句が字余りすぎるから、下で減らして釣り合いを取るというのは短歌の常道だとは思いますが、近代短歌とは違う短歌を作っているように見える小林さんが、この法則を守っているのは、ちょっと不思議な感じがしました。私なら、上三句を無理にちょっと長めの575とみなして、下はふつうに7音7音でつづけると思いますが……。

外国語や外来語を入れた場合、音節をどのように数えるかは歌人によって微妙に違うように思いますが、小林さんはこの問題を意識したことがありますか。

三首目の「ぼん　じぃあ　つどべん　つどべん　あて　まいす　なもらあだ　でれ　もっさぼにた」も、「つどべん」が2回繰り返されていて、気持ちがいいですね。フランス語の「ボンジュール、サバ?」の「サバ」と同じなのですね。日仏学院では毎朝、この挨拶が飛び交っていましたが、ブラジルでは日系社会でも、この挨拶の交換が聞かれるのでしょうか?

ここまでは押韻が目立つ歌が多かったのですが、ここから先はそれほどではありません。導入部に押韻の目立つ歌を置いたのは、連作の中に引き込む力があって、いいと思います。日本語の歌のほうには、押韻を使ったものがないのはなぜですか。押韻はおそらく、世界中のどの言語でも、詩を作るときの基本的な重要な手法だと思います。以前、フィリピン人の文学の教授が、「タガログ語では韻を踏まないことが難しいくらいだ」と言っていました。タガログ語と同系統のマレー語の機内放送は音楽のように聞こえました。

私の第二歌集の『水の乳房』に、「マレー語はモスクの屋根をスコールが叩くリズムで「着陸します」」という歌がありますが、イギリスからの帰りにマレーシア航空機に乗ったときに、そう感じました。日本語では押韻を使い過ぎると、しゃれになってしまって、滑稽な効果ばかりが目立ってしまいます。この問題については、どうお考えですか？

電話の歌——「あろう　ぽる　ふぁぼうる　けろ　ふぁらる　こん　あ　どな　ろざりあ　ぁろう　あろう」「ろざりあと　はなしをさせて　くれないか　もしもしもしもしもしもしもしし」では、「もしもし」にあたるのは「あろう」ですが、「あろう」が行頭と行末に分かれているのに対して、「もしもし」は下の句に集中しているという違いが面白いです。これは語調からやむをえず、こうなったのでしょうか。それとも、日本語の「もしもし」を連続して言うときの言い方と、ポルトガル語の言い方に違いがあって、それを活かしたのでしょうか？

「かふぇだまにゃん」の一連の中で、最後の歌だけが押韻していなくて、しかもほかの歌より日常からすこし離れているところが面白かったです。バラ色のキャミソールをカーテンみたいに（？）窓に干したトラックというのは、ありそうな情景ながら、粋であり、詩情がありますね。

小林久美子から大田美和さんへ——。

このほど上梓された大田さんの第三歌集『飛ぶ練習』（北冬舎刊、二〇〇三年）は、全力で社会のでこぼこ路を奔っているような精神的な剛毅さと、それを保つためのきりきり舞いに似た苦しさが、同時に感じられて、読者としての私の足裏まで痛くなってくる歌集でした。「未来短歌会」に入会して十年になりますけれど、まだお会いする機会がないのは不思議な気持ちです。

大田さんの初めの印象は、「『文藝』別冊」の『〈同時代〉としての女性短歌』の中での、松平盟子さんたちとの座談会「女性歌人の〈現在〉」での切れ味のよい発言のようすでした。大田さんはそこで、ご専門の英文学と自分の短歌がどう関わっているか、「〈英文学の〉作品からの影響だけでなく、英文学の批評を読んで、それまでの英文学史の中で伝統とされているもの、あるいは文学の型を振り返って、そこからどういう新しいものを作れるかということを先人に学びながら自分もつくっていく」とおっしゃっていて、大田さんの歌づくりの基盤として共感しました。

拙歌集『恋愛譜』を丁寧に読んでくださり、ありがとうございます。私としては、ポルトガル語は専門でもなんでもなく、九〇年代にサンパウロに三年間暮らしただけの、いわゆる一時滞在者に過ぎないので、ポルトガル語について、たいしたことが語れないので申しわけないです。なんとか乏しい体験の記憶をたどりたどり、お話しできればと思います。

「あさごはん」の一連の「ひとつのぱん」についてですが、ブラジルではフランスパンの食感に似た、アニメの「アルプスの少女ハイジ」に出てくる〈白パン〉大の丸型パンが一般的に食べられています。日本のパン屋では見かけないので、ブラジル人はよくこのパンを恋しがると言います。「ひとつのぱん」というのも、このスライスしないパンのイメージでつくりましたので、ポルトガル語のほうも「うん　ぽん」となりました。少数派ですが、スライスした食パン型もありましたので、おそらく「a slice of」に当たる言い方はあるように思います。

一首目の歌もそのほかも、ポルトガル語と日本語をすこしずつ、たどたどと一緒に作っていきました。日本語で思いついた句でも、ポルトガル語で表現できないときは、その句をあきらめたり、ポルトガル語で言えても、だらだらと長くなってしまえば、また別に考えるなどしました。日本語もポルトガル語も三十一音に収められたときは、素直にうれしかったですね、まったくの自己満足ですけれど……。「パン」のポルトガル語の発音は、「パォン」に近い感じでしょうか。「パ」と「ポ」のあいだの音を鼻に抜いて、「ポン」と言う感じです。

外国語や外来語の音節をどう数えるかは興味ある問題です。語の投入のつど、微妙に変わりますね。たとえば「オレンジジュース」なら、「オ・レ・ン・ジ・ジュ・ウ・ス」と七音にする場合と、「オ・レン・ジ・ジュ・ウ・ス」と六音にする場合があります。仮に下句が「搾ってくれたオレンジジュース」だと前者、「オレンジジュースに氷はなくて」だとすると後者の数え方ですね。

一方で、読者として歌を読む場合は、その作者の認識した音数に合わせようとして読んでいくことになりますね。たとえば大田さんの『飛ぶ練習』では、「たどりつく研究室に welcome back のカード薔薇の花束」の「welcome」は五音、「back のカード」は七音として読んでいきます。この歌はまた、「welcome back」が句割れの効果をもたらしていますね。さらにここでは、原語表記であることも音節の数え方を充分に意識させます。

「sore, sore, sore……ずきずき痛む指先と膝のひりひり喉のいがいが」という歌の「sore, sore, sore」は五音で読ますのかなと思いました。「sore,」で一音×3、「……」で二音という数え方かな、と。さらに、この歌にはオノマトペが三つあることもあり、「sore, sore, sore」自体がオノマトペ化して見えてきます。

ほかにも大田さんが音節をラジカルに使っているなと思わせた歌に、「あいうえおの積み木並べて貝殻《(kai-ga-ra)》が灰皿《(hai-za-ra)》の中で咲いたら《(sai-ta-ra)》いいな」と韻をルビの形で強調させるところや、「午後のお茶に不足しがちな胡瓜のサンドウィッチ《キューカンバーサンドウィッチ》と機知ある会話」の英語のカタカナ表記をルビにふる視覚的な効果、また「取っつきにくい店主のサーブに畏まる another cup of tea（おかわりのお茶）の温もり」の音節には勘定しない「（おかわりのお茶）」の挿入など、こういったゆさぶりが歌集の随所に見受けられます。こうした試みは前歌集の『水の乳房』や、その前の『きらい』ではさほどなかったように思いますが、大田さんの中ではどのような意識で変化してきたのでしょうか？「つどべん　つどべん」の歌の、「元気？」「元気よ」と言いあいつつ、握手したり、ハグしたりする挨拶は、日系社会を含めて、ブラジルでは日常行為のひとつですね。

日本語の歌のほうに押韻がないのは、やはりポルトガル語の押韻の魅力に引っ張られて、どちらかというと、日本語の訳が後追いしたせいかもしれません。けれど、私の押韻力もここまでで、あとは歌の内容が物語風になっていきました。押韻を使いすぎると、言葉の音の戯れになっていくのでしょうか。それが延々と続くことに耐えられなくなるというか、韻律に殉じることはできても、押韻に殉ずる決心はつかないように思います。

数年前、漢詩をつくったことがありますが、平仄を合わせたうえでの脚韻を踏む作業は、縄紐でぐるぐる巻きにされた身体で針に糸を通すような気分でした。

電話の歌の行頭の「あろう」ですが、語調からきたという感じです。日本語は五七五のリズムに添わせたかったので、「ろざりあと」から入り、ポルトガル語では、電話口で人を呼び出す口調に添わせました。電話でブラジル人と会話するのは、身振りや手振りが使えないぶん、いつもどきどきしていましたね。

大田美和から小林久美子さんへ――。

小林さんは、ポルトガル語も日本語も等しくひらがなで表記していらっしゃいますが、日本語にない音をどう表記するのかは、日本語の音素数が世界の言語の中でもかなり少ないことを考えると、興味深い問題です。ひらがなを使うのは、あくまでも日本人の耳に聞こえる音、日本語の表記で理解できる音ということになります。また、日本語の場合は高低アクセントで、強弱アクセントも高低アクセントの感覚で受け止めるという限界もあります。ひらがな表記では、たどたどしい感じや愛嬌が出るとともに、呪文のような感じにも見えます。小林さんの歌の場合は「魔法」といったほうがふさわしいのかな?

また、南蛮文化の頃の「ぽるとがる文」や『日葡辞書』というものも思い出すのですが、そういうことを念頭に置いて歌を作られたのでしょうか?

「個性」の鵜飼信光さんは、日本語の短歌と英語の短歌を並べるという様式ですが、英語で発想した短詩を短歌形式に書き換えるというやり方で、小林さんとは違うように思います。小林さんの場合、二つを平等に並べて、しかも日本語に堪能な読者に、なじみにくいポルトガル語の歌から読ませることで、まず音の面白さ、日本語とポルトガル語の異なる音楽を味わってほしいという作者の意図が自然と伝わってきます。

「あうもっそ（ひるごはん）」の一連で面白かったのは、数字や漢語もひらがなにしていることでした。「きゅうりょうを　きちんとくれた　ほがらかな　よんじゅうさんの　えりおがしんだ」は、「四十三」と漢字で書いてくれれば、ぱっと年齢だとわかるものを、わざとひらがなにすることで理解を遅らせています。ポルトガル語の歌のほうでは、年齢のところは「くあれんた　えとれす」になっています。これは、フランス語でも英語でも、「4」をあらわすラテン語「quartus」から派生している言葉ですが、ポルトガル語やフランス語や英語では、数字だとピンとくるのはあくまでも音のひびきなのに、日本語の場合は漢字の視覚的な効果に依拠している部分が大きいと、あらためて発見があります。

日本語は情けないくらい音素が少なく、音素の組み合わせにも制限がある言語だから、漢字なしには十分に機能しないんですよね。そうすると、日本人が外国語と出会ったときの一番大きな驚きは、音素の多さ、音素の組み合わせの多さになるのでしょうか？

「つっきった　とうようじんがい　つきのない　あおぞらはもう　せつないばかり」は私の好きな歌です。この「とうようじんがい」という表記で頭に入るのは、「トーヨージンガイ」という音であって、〃ああ、ここは、日本からの移民が多かったブラジルだったな〃と思い返して、はじめて「東洋人街」とわかりました。

未知の外国語がなじみの外国語になる過程として、最初は、ひとつながりのわけの分からない音に見えたのが、慣れてくると、パーツというか、パーツの切れ目というか、大事なところが浮き出してくるようになると思うんですが、その外国語習得の過程を、小林さんのひらがな表記のポルトガル語と日本語の歌のペアは、読者に追体験させてくれるような気がします。

「かふぇ（おやつ）」の、「サンパウロ新聞」の歌には、ぎょっとさせられました。ポルトガル語が並んでいると思って一首目を読むと、「りらぴど　お　じょるなう　さんぱうろ　しんぶんとも　お　かふぇ　どせ　ぬん　ごれ」と、「しんぶん」という日本語に出くわして、びっくりさせられました。何度か読み返してから、日系人向け新聞の固有名詞なんだなと気がつきましたが、これはひらがな表記にしたからこそできた悪戯ですね。意図的な悪戯ですか？

「じゃんたある（ばんごはん）」の一連では、「りんごあめ　せなかまるめて　たべていた　ふゆのゆうえんちの　よるだった」や「こくどうの　わきのほどうを　さんぽする　よるはしずかなしょうせんだいがく」が、特に日常から遊離しているわけではないけれども、すこし不思議な、メルヘンの世界のようなところがあって、私は好きです。「ほほにさしこむ　まんげつはさち」の歌の片言めいたところの効果があがっているかどうか、私にはまだよくわからないのですが、そういえば、「つっきったとうようじんがい」の歌では、月のないこと、日本の花鳥風月から遠い異国暮らしの切なさを月に託していたなあと思いました。「月」というものが、文化によって感じさせるものが違うという例になっていますね。

「せいあ（やしょく）」は、「しゃりん」という名の歓楽酒場の小さな物語になっていますね。

〝ちょっと時代がかった踊り子かなあ〟と思ってしまうのは、流行が目まぐるしく変わり、見かけ上の貧富の差、階級の差がない日本に住んでいるからなのでしょう。

　ロザリアという踊り子が幕間にトイレに座って泣いていると、酒場の女将が慰めるということですが、注目したいのは、トイレとその周辺を表わす日本語の選び方です。それぞれ、「せんめんしょ」「べんざ」「おんなべんじょ」という言葉が選ばれています。英語なら、「bathroom」「toilet」「lavatory」などの言い換えがありますが、ポルトガル語には「ばにえいろ」のほかにはないのでしょうか?

私の語感では、「便所」というのは、水洗より汲み取り式のほうがふさわしいと思います。「便所」というと、子供の頃、木造の二間の平屋で、雨が降るとトイレが臭ったことや、家庭訪問で玄関の上がりかまちに座った先生に、近くのトイレの放尿の音が聞こえて恥ずかしかったことを思い出します。辰巳泰子さんが「トイレ」と言わずに、「便所」という言葉をよく使っていたと思いますが、明らかに意図的なものがあり、彼女の歌の中から滲み出る生活感が選ばせた言葉なのだと思います。

それと関連して、最後の歌で、「てくにかす　で　せきそ」というポルトガル語に対して、小林さんが「せいこうの　ぎこうのかずかず」という日本語を、特に「せいこう」という言葉をなぜ選んだのかを考えてみたくなりました。

舞台の上で「性交」の技巧の数々を見せる踊り子という状況に対して、「性交」でなくとも、「セックス」「交合」「まぐわい」という日本語もあるのに、なぜ「せいこう」にしたのでしょうか?「せいこう」というと、同音異義語がいくつかあります。「せいこう」と耳で聴いたとき、頭に浮かぶのは、「成功」「精巧」「セイコウ(時計のメーカー)」「性交」などですが、一首全体を読んでから「性交」だとわかるしくみにすることで、あからさまな感じを避けたのでしょうか?

私は逆に、あからさまな感じにわざとすることがよくあります。従来の和歌や短歌が忌避してきた言葉をわざと使って、一首の衝撃度を上げるということをよくやります。『飛ぶ練習』でも、「眠る子をそっと抱き上げ手話交わすようにひそかに性交をする」という歌がありますが、この「性交」を、「まぐわい」にするか、「交合」にするか、最後まで迷いました。でも、「セックス」にするつもりはありませんでした。というのは、「セックス」という言葉はあまりにも手垢がついているので、使うのを避けたかったのです。

小林さんの歌に戻ると、「せきそ」というポルトガル語が日本語の「性交」を決定づけたのかなと思います。フランス語では、「セクス」と言うと、「性」「性交」の意味のほかに、「性器」という意味があるようですが、マルグリット・デュラスの翻訳では、「セクス」と表記されています。ポルトガル語も同じなのでしょうか？　そこで、多義性のある「セクス」という言葉を避けて、「性交」と意味を限定したのでしょうか？

小林久美子から大田美和さんへ――。

ポルトガル語をひらがな表記にしたのは、まさに乏しい語学力だからです。いちおう、向こうで夜間のポルトガル語学校には通ったものの、ほとんど会話と読みの学習でしたから、原語の綴りが書けないまま三年間を過ごしました。耳から入った言葉はなんとなく、自分の中では「ひらがな」で覚えていったように思うんです。「朝ご飯＝かふぇだまにゃん」というふうに。知らずしらずのうちに、ひらがな表記のポルトガル語が自分の中に染みこんできた、という感じです。

日系二世以降の若い世代は、顔は日本人と同じでも、言語やものの考え方はブラジル人と同様なので、言葉の行き違いがないように、一世の人たちより気を遣うことが多かったですね。一世の人同士は、よく日本語をベースにポルトガル語が混じる会話をされていました。「アマニャン（明日）はフィーリャ（娘）とメーザ（テーブル）をコンプラール（買う）しにいく」というふうに。私自身もだんだん、こんな会話になっていきました。

大田さんは英語と日本語の使い分けはどういう感じなのでしょうか？ 二つの言語が二本線を描くように、同時通訳的な思考になるのでしょうか？

音素の多さに驚くという感じ方までは、あまりなかったですね。そこまで言語力が達しなかったというか。

音のひびきということでは、逆に私は、しっかりと「デス（10）」と言っているつもりなのに、しょっちゅう「トレス（3）？」と聞き返されていました。十枚綴りの地下鉄の切符や切手十枚を買うのに、一回で通じたことはあまりなかったです。ほかの数字はすっと通ったのですが……、あれはどういうことだったんだろう、と今にして思います。

「さんぱうろ　しんぶん」は日系の日本語新聞社の名前ですが、サンパウロのテレビCMでも「サンパウロシンブン」という言葉で流れていて、ブラジルでの正式名称なんですよ。阪神淡路大震災の折りには、ブラジルのマスコミがこぞって、サンパウロ新聞社に取材に来ていました。ちなみに私は知り合いの紹介で、ここで働かせてもらっていたんです。

トイレの意味では、「サニタリオ」「トアレッテ」などがあります。一般に使われるのは、やはり「バニエイロ」ですね。日本の各地では、「トイレ」という言い方が主流ですけれど、関西では今でもたまに、日常感覚で「便所」と言っている人がいるような気がします。

大田さんの『飛ぶ練習』には、「交替にトイレのぞいて〝赤ちゃんの部屋の掃除〟が終わるのはいつ」という、母の生理が終わる日を子供が訊く歌がありますが、生理のことを「〝赤ちゃんの部屋の掃除〟」と喩える言葉遣いに、英文学からの影響を感じます。大田さんの歌の文体には、やはりどこか英文学的回路が備わっているように感じるのですが、まず英語があって、そこから翻訳的に歌をつくるということはあるのでしょうか？

「せいこう」という日本語を選んだのは、この響きがもっとも抵抗がなかったからのように思います。同音異義語があるということも含めて選びました。「セキソ」の語にも、やはり「性」や「性器」という意味があるようです。

大田さんの歌の表現の明確なモチーフとして、性に関する語がありますね。たとえば『きらい』（河出書房新社刊、一九九一年）では、「クリムトの「キス」の複製《コピー》にゆるやかに吊り上げられるわが生殖器」、『水の乳房』（北冬舎刊、一九九六年）では、「性差とは土瓶の首とそそぎ口の穴に分かれる雌雄の視線」「なお生きてまぼろしの卵に走り寄る精子の群れはうすあかりして」、『飛ぶ練習』では、「女性器切除の陰惨の前にかろうじて悦びの夜の記憶は残る」「あかねさす経血にしばし見とれたりハンカチをあてて座席に戻る」「明太子の赤にらみつつ売店にウィスパースリムはないかうろつく」「食材をいとおしむ手でいとおしむ男根は胡麻を摺る擂粉木のごと」などなど、特に新歌集では、「女性器切除」「経血」「ウィスパースリム」「男根は胡麻を摺る擂粉木」、そして「乳頭に白いかさぶた」「剃毛」「会陰切開」「母の脱糞」と、性にまつわる直截的な表現が全開していて、それが爽快な感情となって受け入れられるのです。

これまでにも、性の問題を取り上げてきた女性に、阿木津英さんや道浦母都子さんや林あまりさんたちがおられますが、いまここにきて、大田さんは彼女たちへの意識をぐって大きく前に出てきたという印象です。

「女性器切除」の風習とか、「ウィスパースリム」という米国資本の生理用品の語の登用とか、ここにもフェミニズムの問題や、「短歌形式と外国（文化）」というキーワードにも通じる観点があるように思いますが、このような語の表現をご自身はどのように意識されているのでしょうか？


大田美和から小林久美子さんへ――。

お返事ありがとうございました。私の『飛ぶ練習』について、「全力で社会のでこぼこ路を奔っているような」という小林さんの比喩はとてもうれしいものでした。すべったり、転んだりしながら、奔るという感じなのでしょうか。「よもつひらさか転がり落ちても君も子も仕事も乗せて走る自転車」は、小林さんのおっしゃった「きりきり舞に似た苦しさ」を表現するために、大好きな『古事記』に出てくる、この世とあの世の境にある坂の名前を使ったのですが、その坂に石ころが落ちているか、平らだったかは私自身は考えていなかったことに気がつきました。

「あの世」と言えば、小林さんに、「ひるさがりきいろい毛布をかぶりあい黄泉の国だとよわむしがいう」という歌がありますね。「黄泉の国」って、何で黄色なんだろう、という疑問からできた歌でしょうか？ 「きいろい毛布だから黄泉の国」というちょっとした思いつきを誰かと共有して、一時の連帯感を得るところは、穂村弘さんの歌に通じるところがありますが、その思いつきを「よわむし」に言わせているところに、小林さんの独自のカラーが出ているように思います。

ところで、黄色というのはフランス語圏では太陽の色ですが、つい最近、「うさぎのミッフィー」のアニメーション（NHK教育テレビ）で実際に黄色いお日様を見て、どうしても違和感を感じる自分を意識しました。小林さんは画家でもありますが、ブラジルで日本とは違う色彩感覚に刺激されたというようなことはありますか？

「sore, sore, sore」の歌は英語の授業で、導入として「I have a sore throat.」（喉が痛いんです）と言ってから、「指を切って痛いときも、膝を擦り剝いて痛いときも、英語では同じsoreなんだよね」と、英語と日本語の違いを話したことから、作った歌です。日本語のほうが、英語よりもはるかに豊かな擬音語・擬態語を持っていることがわかる例の一つです。それが伝わっているでしょうか？

押韻について、小林さんは「韻律に殉じることはできても、押韻に殉ずる決心はつかない」とのこと、漢詩を作った体験から、「平仄を合わせたうえでの脚韻を踏む作業は、縄紐でぐるぐる巻きにされた身体で針に糸を通すような気分」というのは、なるほど大変そうだなと思いました。

これに比べて、短歌という定型詩の制約は驚くほど少ないですね。かつては、短歌一首の中に

「カタカナ語は一つ以上入れるな」「動詞をいくつも入れるな」「同じ助詞を使うな」といった指導が結社内の歌会でなされることで、一種の詩が成立していました。今はそのあたり、みんなそれぞれ好き勝手にやるようになっています。いまや、この単純な詩形を使って、日常会話や情報の伝達ではなくて、詩をどのように表現するのかということが、ますます問題になっていると思います。

その手段として、自分なりにもう一つ制約をこしらえるというやり方もあるわけで、それが、たとえば小林さんの、「あさごはん」のポルトガル語と日本語の歌の作り方になっていると考えてもいいでしょうか。違う言語で、音節の数が同じで、中身もほぼ同じにするというのは、けっこう大変な作業だったと思います。同じ音節数に盛り込める情報量という点では、日本語は明らかに不利ですから。

もっとも、ジェイムズ・カーカップと玉城周共訳の『斉藤史歌集　記憶の茂み』では、斉藤史さんの歌を五行三十一音節という形式にこだわって英訳しています。これは素晴らしい仕事ですが、あらかじめできあがっている短歌を三十一音で翻訳するという作業のむずかしさと、日本語とポルトガル語で同時に三十一音で創るむずかしさというのは、また別の問題ではないかと思います。

小林さんの「あさごはん」は、ポルトガル語を母語にしている人に読んでもらったことがありますか？　日系人には読んでもらいましたか？　どんな感想が得られましたか？

私の「英語と日本語の使い分け」についてですが、私は小林さんほどの一時滞在者でもなく、ほんの2か月間の旅行者として、イギリス、アイルランド、ベルギー、マレーシアを通り過ぎただけなので、同時通訳ということはまずないですね。

「未来」の中原千絵子さんが、歌集『タフ・クッキー』の中で、小児科医としてのアメリカでの研修中は、頭の中をものすごい速さで翻訳機が動いている感じだった、と書いていますが、私も会話をするときは、そんな感じです。『タフ・クッキー』はお読みになりましたか？　異文化と素手でぶつかった感触が心地よい歌集です。

私は仕事柄、英語を話すよりも読むことのほうが多いせいか、読むときには英語は英語として理解します。簡単に言うと、関係代名詞を後ろからひっくり返して日本語に訳して理解するようなことはしないで、英語の語順で前から後ろに読んでいきます。英語の発想を日本語に翻訳しないで、そのまま受け入れるわけですが、そのことが、日本語で考え、表現するときにいい刺激になっているように思います。

詩人の和合亮一さんが、「詩人は一回、詩を書くごとに自分の文法を作り出す」と言っていますが、歌人は三十一音を崩すことはできませんから、短歌の文法を崩すことはできません。でも、外国語からの刺激や、外国人が考える言葉というもの、文学というもの、詩というものを知ることが刺激になって、日本語が揺さぶられるという形で、現代詩ほどではないにしても、自分の短歌の文法を作るのに近づくことが可能ではないでしょうか。

英語があって、そこから翻訳的に歌をつくることがあるのか、というご質問ですが、小林さんの歌では、「林檎飴を「愛の林檎」とよんで売る移動遊園地の小さな温雅」の「愛の林檎」がそうですね。私の場合は、英文学の作品の一節を短歌に取り入れるということはしています。たとえば、「流れ雪詩人の髪に降りかかる荒野は教会と思う日暮れに」（『水の乳房』）の「荒野は教会」は、R.S.トマスというウェールズの詩人の詩の一節を借りたものです。

パクリと言われるかもしれませんが、このような「翻案」という方法は、外国文学が入手しにくい頃には、創作でも批評でもよく行なわれていましたし、岡井隆さんの短歌にもあります。現代詩では、たとえば西脇順三郎の「アン・ヴェロニカ」という詩がありますが、これは二十世紀はじめのH.G.ウェルズという作家の小説のあらましを詩の形に置き換えただけです。私はやはり、翻案よりは独創を上と見なしたいので、なぜこれが『日本名歌集成』（学燈社、一九八八年）に入っているのか理解に苦しみますが、西脇がアン・ヴェロニカという「新しい女」に惚れ込んで、余計な印象は加えずにそのまま詩にしたことはわかります。

翻案ということでは、「夕立に濡れる敷石踏みゆけば君の面影散らばりて見ゆ」（『水の乳房』）は、エミリ・ブロンテの『嵐が丘』のヒースクリフが日本にいたら、と考えて作った歌です。私はブロンテの研究者なので、翻案と言うより、解釈と言ったほうがいいのかもしれません。また、自分で書いた論文の要点を一首の短歌で表現するということも、よくやります。

「交替にトイレのぞいて〝赤ちゃんの部屋の掃除〟が終わるのはいつ」の歌で、「〝赤ちゃんの部屋の掃除〟と喩える言葉遣いに、英文学からの影響を感じる」とのご指摘ですが、特に英文学ということはないですが、言語によって、同じものを別の表現で表わすという知識が影響を与えているかもしれません。たとえばこれは、落合恵子さんが挙げている例ですが、私生児を「love child」と言うと、日本人の耳にはだいぶ印象が変わります。

これは、「性にまつわる表現」ということで考えていただいたほうがいいと思います。性にまつわる言葉をどのように扱うか、性をどのように表現するかということが、ご指摘のように、私の中ではとても大きな問題としてあります。まず、片方のジェンダーに抑圧が多くかかるような要素を言葉から取り除きたいという願望があります。そうすることによって、人と人とのあいだの風通しをよくしたい。簡単に言うと、男も女もより幸福になってほしいという願いがあります。私自身はこれでずいぶん幸福になりました。

「〝赤ちゃんの部屋の掃除〟」は、長男が言葉を理解できるようになった頃、私が考え出した言葉です。「あんたたちも生まれて来る前にいた部屋でしょう。あったかかった？　赤ちゃんがいないときに、お掃除してきれいにするんだよ」と説明しています。このように育った男の子が将来どうなるか、私自身、楽しみでもあります。帯下を見ると、女でも、「汚物」と考えてしまいますが、それがもともとどこから来たか考えてみれば、男も女も等しくこの世に出てくる前にいたところではありませんか。生命の始まりに対して畏敬の念は持ってほしいけれど、偏見や恐怖は持たないでほしいと思うのです。

「性と文学」ということでは、日本語と日本文学は、西洋語と西洋文学より明らかに有利な伝統を持っています。たとえば『古事記』には、男女の性器や経血を指す言葉が出てきますが、家父長制の長い伝統を持つ西洋文学や中国文学では考えられないことです。日本が巨大文明の周縁にいて、遅れた文明を保っていたおかげですね。私が日本語で性にまつわる言葉を使おうとする行為の中には、女性の言葉の回復という意味と同時に、失われた伝統を確認し、その伝統に誇りを持つという意味もあります。これは日本人として創作をやっているからこそ得られる醍醐味です。

小林さんの言葉に戻りますと、大田の歌に、「性にまつわる直截的な表現が全開していて、それが爽快な感情となって受け入れられる」というご指摘は作者冥利につきます。私のまわりでは、八十代の英文学者（男性）が、「アララギの歌しか知らなかったので、「会陰切開」などの言葉に出会って、正直言ってショックを受けました。もう一度、気持を鎮めて読んでみます」とおっしゃっていましたし、七十代の内科医でもある「未来」の歌人・近田千尋さん（男性）は「解剖学の教科書じゃあるまいし……」と苦笑いしていました。若い男性の感想も聞いてみたいものです。

小林さんに「のんのさまふっくらてっておいでです内気な椰子をはげましながら」という歌がありますね。おひさまのことを「のんのさま」とも言うと私が知ったのは、松谷みよ子の『ちいさいももちゃん』シリーズの中ででしたが、それには「ののさま、どちら……」という童謡が挿入されていました。小林さんは日本にいるときからこの言葉を知っていましたか？　それとも、ブラジルで日系のお年寄りがこう言うのを聞いたのでしょうか？　あるいはブラジルで思い出したのですか？　いずれにせよ、外国という触媒が日本語に作用した例だと言えますね。私はこの歌を、ホームシックになっている人に、ブラジルの太陽が「私は日本の太陽と同じだよ」と励ましている図と解釈していますが、この歌について少しお聞かせ下さい。

小林久美子から大田美和さんへ――。

大田さんの歌のことで、あらためて気づかされたことがありました。現代の日本社会では、女性が子供を産んで、育てながら職業を全うすることは、まだまだ負担が重く、厳しい道なのだと思います。大田さんの歌からは、その厳しさからけっして引き下がらず、やり通してみせるというような決意がさっそうと感じられて、そこが女性の私から見て、「女性が生きるということ」へのひとつの希望を託したくなるところです。

この「さっそうさ」は、心身の均衡がぎりぎりのところで支えられた内面の強さの裏打ちがあってこそ、にじみ出てくるものだと思うんです。「よもつひらさか転がり落ちても君も子も仕事も乗せて走る自転車」は、大田さんの行き方であり、生き方を象徴していますね。

私の「黄泉の国」の歌は、死後の世界が黄色いということへの漠然とした恐怖を思ってつくりました。夜だと怖すぎるけれども、昼間のうちなら、「弱虫」でも温みをもった毛布をかぶって、「黄泉の国」くらいのことは呟けるという感じかと……。

ブラジルで、日本とは違う色彩感覚に刺激されたということでは、自然が打ち出してくる色の驚異ですね。アマゾン川流域の上空を飛行すると、眼下は延々と深い緑色で、乾燥地を歩けば大地はひたすら煉瓦色で……。屋根瓦もこの大地の色ですが、住んでいた町の屋根の優美な色の広がりも印象的でした。ブラジルの現代アートは、シックな色彩感覚の抽象表現が主流かと思いますが、表現の素材や方法意識は多様で、ここからも歌への強い刺激をもらいました。

日系人がブラジル社会にもっとも貢献していた分野は農業で、品質の良い野菜作りをして、それまで野菜をあまり食べなかったブラジル人に受け入れられるようになり、今ではほうれん草はそのまま「ホウレンソウ」と言って売られています。けれど、九〇年代に入って、次世代の後継者不足と、非日系ブラジル人の大規模農業経営に押されて、「農業は日系」という舞台から下りました。

それに取って代わるように台頭したのが、「日系人の美術」なんです。その交替のさまをちょうどリアルタイムで見てきたのですが、若い彼らの表現力は、歌う動機をいつも私に与えてくれましたね。

日系人とブラジル在住の日本人アーチストによる座談会をしたことがあるのですが、日系の彼らは創作の場をブラジルだけでなく、ドイツやニューヨーク、日本などに持ち、母国と外国を往還して、その中でみずからの表現を高めていこうとしているのを感じました。子供の頃からポルトガル語と日本語が話せることから、語学への柔軟な感性が備わっているのかなとも思いますが、ブラジルは移民の国ですから、ドイツ系やイタリア系、フランス系など、世界中に民族のルーツがあるので、そういうツテを頼って行けたりするようで、芸術家にとっては恵まれた環境と言えるかもしれません。

『飛ぶ練習』の中で、大田さんは詩人の川口晴美さんと〈場所〉の競作を試みられた第Ⅱ章「身体」や、連作「夜光る虫」「豊饒の裸婦」などで、さまざまなアート作品に触れて作歌していますね。「身体」の試行は大変おもしろく、真似したくなります。

「世俗画の女占い師はいかさま師ラ・トゥールまでの距離は百年」は、カラヴァッジオ展を契機におつくりになった歌ですが、いろいろと考えさせられます。カラヴァッジオも、その影響を受けたラ・トゥールも、それぞれ「女占い師」という絵を残しますが、「いかさま師」はラ・トゥールが描いた絵ですね。カラヴァッジオの「女占い師」からラ・トゥールの「いかさま師」までは、作品制作年としての時間の距離で言えば四十年くらいだと思いますが、そうすると、この歌の結句の「百年」という数字は、それ自体イロニーとしての「いかさま」を表わしたのか？　それともほかの意図なのか？　などと思いました。

歌集では、一首前に「少年の果物籠にほのじろく二十一世紀の青い薔薇」という歌があって、これはカラヴァッジオの「果物を持つ少年」がモチーフですね。十六世紀末の佳品に、現代の「青い薔薇」を挿す作者の想念があって好きな歌ですが、ここに「二十一世紀」という数字が入っているため、「百年」にも何か仕掛けのようなものがあると思うのですが、そこがすごく謎めいています。

それに、当時は「女占い師」のような世俗画は、絵画の論理としては低い位置づけにあって、それを描いていくことで、カラヴァッジオは絵画表現に革新をもたらしましたが、そのことを考えると、初句の「世俗画の」に、大田さんが「女占い師」を素材にしたことの狙いを感じます。「sore, sore, sore」の歌は、日本語の擬音語・擬態語の豊かさを示したものですね。日本語教師が外国人に教えるのに苦労するのがオノマトペだと聞いたことがあります。ポルトガル語も英語と同様で、豊かなオノマトペの表現は日本語にはかなわないようです。

「あさごはん」の一連は、日系二、三世の人たちに読んでもらったら、「具体的な物や人が出てくる。ブラジル人の詩はもっと抽象的」とか、「人の顔の表情とか身振りが描かれていないぶん、読む側で想像する」というような感想が聞かれました。また、非日系ブラジル人で日本語を読む若い女性は、「漢字がないのが不思議」とも。彼女は、「漢字には形や読みに意味があって、アルファベットにはない気持ちを表わす言葉がたくさんある。ポルトガル語の翻訳とはすこし感覚が違って、漢字のほうが意味が深いように感じる」ということも言っていました。

歌集『タフ・クッキー』は読みました。「異文化と素手でぶつかった感触」は私も共感します。中原千絵子さんと私とは外国に在住したという共通点がありますが、米国の社会構造に意識的であった中原さんとは別の意識がブラジルの私には働いていたことを思わせてくれる歌集でした。国が違うことで、言語のほかにも人間関係や思考の違い、国力や文化、風景、気温、人々の歴史など、諸々の言葉のまわりにある相違をまとっての、その国における短歌表現であることを考えさせられました。

「外国語からの刺激や、外国人が考える言葉」に揺さぶられるというのは確かにそうで、私もサンパウロ滞在中にもっと交流したかったですね、詩人とか、小説家とか。歌人では、ライムンド・ガデーリャ氏に会いました。彼は今、四十代ですが、二十年近く前、日本の大学に留学する際に、日本人からポルトガル語に翻訳された『啄木歌集』を贈られて、はじめて短歌に接したそうです。九一年に歌集『水平線という名の海峡』を出していて、ポルトガル語と日本語に翻訳された歌が同時に書かれています。

また、日系歌壇には「椰子樹」という短歌会があり、ブラジルの一世歌人はおおむね、二〇〇人くらいでしょうか、ここに所属しています。三十代の三世歌人もいます。中には、ここに所属せずに、日本の「塔」に入って、歌集『坩堝の中で』を出した滝友梨香さんなどがいますね。歌集の翻訳本はほかに『サラダ記念日』があります。

大田さんの〝『嵐が丘』のヒースクリフが日本にいた〟というような自らに引きつけての翻案の試行は、今後も深く探っていけそうな手段ですね。論文の要点を一首に表現するというのも、どこか長歌への返歌のような感じがあって、自然に出てくる欲求とも思います。そういう作業の連なりの中から、自分の文法の創出がなされるのはひとつの理想形だと思いますね。

「のんのさま」の歌ですが、私が聞いたところでは、「太陽」ではなく、「月」だそうで、ブラジルで知りました。野口雨情の孫にあたる野口不二子さんがサンパウロに来たときに、「童謡の夕べ」という会が開かれて、そこで雨情のエピソードとして出てきたんです。雨情は太陽を「おてんとさま」と呼び、月を「のんのさま」と呼んでいた、と。それで、「のんのさま」という響きが心に残ってつくった歌です。そのとき、「しゃぼん玉」などの歌が披露されましたが、そのような気分が一首に作用したように憶えています。

大田美和から小林久美子さんへ——。

前回の「のんのさま」について、気になったので調べてみたら、「お日さま」「お月さま」「神さま」「仏さま」「ご先祖さま」など、多様な意味を持つ言葉だとわかりました。

それにしても、この日本語に小林さんがブラジルで初めて出会って、独特の味わいのある一首にされ、その一首で私が子どもの頃に本の中で出会った言葉に再会したのは、一つの日本語が外国を経由して、地球を半周回って、日本に戻ってきたような気がします。〈言葉の旅〉とでも名付けたい気がします。

もっとも、私は、小林さんの「のんのさま」を月ではなく、太陽と思って、夜の歌を昼の歌と誤読してしまったのですが、それも外国の文化の受容には誤読が伴いやすいということを思えば、意味のあることのように思えます。ポストモダン以降、誤読も一つの読みであるとされ、私もそういう立場で英文学の仕事をしていますが、短歌の場合は多様な読みを誘発する歌はよくないとされてきました。今はどうなのでしょうか？　このあたりについては、また別の機会にお話しできたら、嬉しいです。

最後に、私が外国人からもらった大きな宿題のことをお話ししたいと思います。東大にG．H．ヒューズ教授というイギリス人がいます。大学院時代にずいぶんお世話になった方なのですが、英詩と文学理論のゼミで「第二芸術論」の話になって、「あれは留学中の桑原武夫がニュー・クリティシズムに出会って、まだニュー・クリティシズムを知らなかった日本人をちょっと驚かせたというだけのことだったのではないか……」などという話になりました。そして最後に、ヒューズ先生は私に、「短歌ばかり作っていて飽きないか？」と聞いたのです。

英詩ならば、テーマに合わせていろいろなタイプの韻律を選ぶことができるのに、短歌は全部57577という同じ韻律で、それでヴァラエティをもつ優れた作品がたくさんできるのか？

という素朴な疑問でした。とっさのことで、うまい答えが見つからず、言葉の選び方や主題の選び方で一首の印象がだいぶ変わるとか、連作という方法もあるとかいうふうに答えたと記憶しています。

それからもう十年以上経ちましたが、私の中ではまだ確固とした答えがありません。答えが出せない理由の一つに、じつは私はときどき短歌に飽きるのです。わあ！　言ってしまった！　どうしよう、短歌の世界の人たちから背を向けられてしまうでしょうか？

短歌に飽きるのは、どんな場合かというと、歌集を読んでいて、その中に自分にとって異質のもの、ハッとさせられるものがないときです。そういう折りは、読みつづけるのがつらいので、他のジャンルのものを読みます。日本語で書いてあっても、自分に新しい発見をさせてくれるものが欲しいのです。短歌は短い詩型ですから、そんなにものすごい発見を期待しているわけではありません。でも、伝統に「something new」を付け加えるのが、新しく作品を作る者の務めではありませんか？

私は短歌を読んでいるときも、外国文化を受容するのと同じような期待を持っているのかもしれません。そもそも、文学というのは、自分と異質の他者と出会うことではないのかと思うのですが、こう考える歌人は案外少ないのかもしれませんね。

あまりまとまりのない応答しかできませんでしたが、今回、対話できて、とても楽しかったです。次回は作品でコラボレーションしてみませんか。では、また。

小林久美子から大田美和さんへ――。

こんにちは。私は短歌は基本的に読み手がどのように解釈してもかまわないと思うんです。表現者がどこまで表現の羽を広げられるのかというのと同様に、読者も一首をどこまで読みとることができるのかということも、短歌の醍醐味のような気がするからです。もちろん、歴史的な背景などが関わることで解釈を踏み外せない部分はありますが、抽象性の高い作品などは、自由に連想していく時間こそが楽しいということがありますね。

多様な読みを誘発する歌ほど、私はぞくぞくして魅了されるんです。たとえば斎藤茂吉の「赤茄子の腐れてゐたるところより幾程もなき歩みなりけり」という歌はさまざまな解釈を生んできましたが、今もって私にとっては謎めいていて、斬新で、抽象的です。翻訳という観点で、穂村弘さんが、たとえば笹公人さんの歌集『念力家族』の「すさまじき腋臭《わきが》の少女あらわれて祖母から母へわたる竹やり」という歌はすぐに翻訳できるけれども、茂吉の赤茄子の歌は翻訳が難しい、だからといって茂吉の歌はだめかというと、そういうものではない、というようなことを七月の「未来」の大会で言っていました。おそらく5W1H的な情報のある歌は簡単に翻訳可能だと思うんです。けれども、〈てにをは〉の微妙な使い方や、文語のニュアンス、オノマトペや、繰返しの語による韻律の美しさなどは、翻訳するのに非常に苦労するところのように思えます。

茂吉も海外生活経験者ですが、現代の歌人にも海外で創作する人たちが増えてきていますね。一年間、與謝野晶子の研究でパリに滞在し、歌集『カフェの木椅子が軋むまま』を出した松平盟子さんや、オランダに移住して、歌集『The Morning After』を出した合田千鶴さんなどがいます。

松平さんは一時滞在型で、合田さんは永住者で、フランスとオランダという環境の違い、また美意識や方法意識の違いもあわせて興味深く読みました。鉄幹や晶子から始まって、海外で詠んだ歌を歴史的に見るのも、重要な視点ですね。茂吉は留学中には歌は休止状態でしたが、帰国後にふたたび旺盛な創作活動に入ったというのも興味あることです。

「ときどき短歌に飽きる」とは、また爆弾発言ですね。でも、大田さんなら、そう来なくては！私は短歌定型という縛りがあることで、かえって自由に表現できるという相反する感情ですが、そういう気持ちはありますね。日本の現代詩のように、まったくの自由空間を与えられると、なぜか身がすくんで、怖じ気づいてしまうところがあります。

短歌の韻律についても、句割れ、句またがり、字余り、字足らずなど、方法を探ることは、まだまだ残されているように思うので、私自身は連作のことも含めて、これから試行してみたいことはたくさんあります。歌歴、知識ともに発展途上ですので、ささやかながらも短歌創作への野心は持っていたいな、と。

自分の歌が思いどおりにならなくて、鬱屈した気分に陥って、短歌をやめたい、と思うことはままありますが、そういうときは、歌を離れて、詩や小説を読んでいるうちに、またふつふつと書きたくなってくるから不思議です。外国文学を含めて、他ジャンルからの恩恵は大きいです。

今回のメール対話では、未知の知識をたくさん吸収できてうれしかったです。大田さんとのコラボ、ぜひよろしくお願いします。既成概念にとらわれない、コンセプチュアルなものができれば最高です。どうもありがとうございました。

Ⅲ　ヨーロッパへ

ケンブリッジ大学ウルフソン・コレッジで知った合唱の喜びと可能性

二〇一〇年に勤務先の大学の在外研究制度により、英国のケンブリッジ大学のウルフソン・コレッジに半年間、訪問研究員として滞在した。家族を日本に残しての久しぶりの単身・学生生活であり、短い間にイギリス暮らしを満喫したいと思った私は、コレッジのメーリングリストでコレッジの聖歌隊（choir）の団員募集を知ると、迷わずに加入した。ここで大学の学部時代の混声合唱団以来、三十年ぶりに合唱を楽しむことができ、合唱音楽が人と人を結びつけ、生きる喜びを作り出す力の大きさをあらためて実感した。この思い出を語ることで合唱の魅力と可能性を考える機会としたい。

私が滞在したイースター学期に聖歌隊が練習できたのは、四月から六月の七週間で、練習時間は月曜日の夜八時から十時の週一回だけだった。発声練習の後、全体でレパートリー曲の練習をして、パートごとの練習はなかった。

レパートリーはじつに広く、楽譜が配られては初見ですぐに歌わされるので、ついて行くのが大変だったが、それだけやりがいもあった。隊員はウルフソン・コレッジに所属する有志で、学生も職員も研究者もいて、総勢四十名ほど。欧米人がほとんどだったが、香港人と中国人もいた。指揮者兼指導者は、ＢＢＣシンガーズのメゾソプラノ歌手リンネット・アルカンタラ（通称リン）。コレッジの音楽フェロー兼ディレクターである。オーストラリア出身のリンは、留学生が多く、フレンドリーな雰囲気が自慢のウルフソン・コレッジにぴったりだった。学期中リンのアレンジで、コレッジの外からさまざまな演奏家が招かれて、ランチタイムや夕刻のコンサートが開かれた。

最も印象深かったのは、リンがオーストラリア時代にその創設に関わったというオーストラリアの児童合唱団 Young Voice of Melbourn が、世界ツアーの一環として訪れたことで、音響の悪いホールにもかかわらず、オーストラリアの先住民の歌やオーストラリアの作曲家ポール・ジャーマンの〝Let go the long white sail〟など、素晴らしい演奏を聞かせてくれて、彼らが訓練を受けたコダーイの発声法の威力を再認識した。

私は日本で大学合唱団の一団員として経験した範囲でしか語れないのだが、練習に参加してまず面白かったのは、母音だけでなく、子音の発声練習が多いことだった。特にＭ音の練習は救急車のサイレンを真似て、音階を上へ下へと駆け巡って愉快だった。複数の聖歌隊を掛け持ちしているソプラノがおしゃべり好きで、リンの指導の言葉に合いの手を入れては、みんなの爆笑を誘った。誕生日の隊員がいて、突然ハッピー・バースデイの歌声が湧き起こったときもあった。

さらに面白かったのは、練習が終わって解散するときに、リンがいつも、「あとは、Youtube やクラシック音楽のダウンロードサービスにアクセスして、自分で練習してね」と言うことだった。このおかげで、私もClassical Archiveというアメリカの音楽配信サービスの有料会員になったし、Youtubeに世界中のさまざまな合唱団が自分たちのコンサートや練習風景を投稿していることも知った。

もちろんCDも購入した。そして隣の住人には迷惑だったかもしれないが、毎晩の自主練習は心と体にいいエクササイズになった。

リンの指導力は抜群だった。きびきびとテンポよく指導が行なわれ、彼女はすべての隊員の名前を覚えていて、的確な指示を出した。十分間の休みをはさんだ二時間の練習は、いつもあっというまに終わった。すぐに次の練習が楽しみになるぐらいだった。優れた指導者の下で声を合わせて歌うことで、おたがいのことはよく知らなくても、人と人の心がつながり、何かをともになしとげたという達成感を得ることができた。

私にこれだけの指導力があれば、もっといい教師になれるのにと思い、とりわけ、知人が数年前に神奈川県で始めた児童養護施設の子どもたちの教育に腐心していることを思い出して、私に音楽の指導力があったら教えに行くのにと思い、帰国したら、優れた音楽指導者を呼ぶことを勧めたいと思った。

聖歌隊は、コレッジとは別の独自のメーリングリストを持っていて、次回の練習日時のリマインダーや、コンサートのドレスコードと集合時間などの連絡事項が流された。イースター学期は一科目につき三時間の学年末試験があったので、練習の集まりが悪いときもあり、やむをえないとはいえ、リンがメーリングリストで、「今日の練習は最悪でした、こんど自分のパートを覚えてこなかったら許しません」と警告のメールを送ってくることもあった。練習がうまく行ったときや、コンサートの後にはすかさず隊員をほめるメールを送ってきて、そういうときはメールの最後に「×」（「チュッ」というキスマーク）をつけるのも忘れなかった。「聖歌隊」と言っても、私の滞在したウルフソン・コレッジには、チャプレンはいても、チャペルがない。ここは一九六〇年代にできた比較的新しいコレッジであり、マレー半島やインド亜大陸からの留学生が多く、華僑の富豪の寄付によって作られた中国庭園と図書室と、日本の体育館のような多目的ホールがある。

聖歌隊の練習はこのホールで行なわれた。それでも、聖歌隊ではあるので、私は混声合唱団で東京混声合唱団の八尋和美氏の指導を受けて、ミサ曲に親しんでいたものの、「クリスチャンではない私が入って歌ってもいいものだろうか」という思いがあった。そこで、入ってまもなく、数人にそのことを聴いてみたのだが、誰もそんなことは気にしていない、という答えであり、また、ある隊員は「この聖歌隊で聖歌を歌うといっても、私が親しんだドイツの教会のものとは違うのよ。でも、私は気にしていない。だから、大丈夫よ」と言ってくれた。

私は出産後、学部時代より高い音域も出るようになった気もするものの、合唱の楽しみは内声部だと思っているので、アルト・パートに入った。しかし、主旋律のほうがきれいだし、覚えやすいと思う人はどこにでもいるようで、ソプラノのほうがアルトより人数が多く、声量がまさるため、カウンター・テナーの玄人はだしの男性が助っ人でアルト・パートを歌っていた。

イースター学期の新入隊員は私だけで、近くで歌っている人と私の音程がときどきずれるので、自分の歌唱力が心配だったが、やはり近くにいた中国人学生に、「私の声、どう?」と聞くと、「私の隣で音痴のおばさんが大声でガーガーわめいて、本当に困るんだけど、あなたはピッチが合っていていいわ」と言われた。年下の人にほめられるというのは嬉しいものだ。彼女は村上春樹と日本のマンガが好きなバイオテクノロジーの研究者で、コンサートの本番では白いバルーンドレスがとてもよく似合っていた。コレッジ内の複数のサークル活動に参加していて、コレッジの環境に溶け込みながら勉強に励んでいる様子がうかがわれた。

聖歌隊のメーリングリストで、ケンブリッジの他のコレッジのコンサート情報を流してくれる人もいた。伝統的なコレッジの、天井が高くて倍音の鳴るような石造りのチャペルでバッハのモテットを聴いたり、隣町のイーリーの大聖堂では大好きなトーマス・モーリーのマドリガル〝Now is the month of maying〟(「時はまさに五月」)やヘンリー八世の〝Pastime with Good Company〟(「良き仲間との気晴らし」)を聴いたりした。

学期中に、サー・ロジャー・ノリントン指揮のオール・ケンブリッジのオーケストラと合唱による『ドイツレクイエム』を、キングス・コレッジのチャペルで聴いたことも忘れがたい。『ドイツレクイエム』は学部時代に歌って以来、私にとって大切な曲だ。短歌の師の近藤芳美死去の報を受けた朝には、覚悟していたとはいえ、何も考えられず、この曲の楽譜をつかんで出勤した。

モーツァルトやフォーレのレクイエムが天上からの慰めの声であるとしたら、ブラームスのレクイエムは、地上からの嘆きの声であると思う。ブラームスが自分で選んだ聖書からの引用は、異教徒にもうなずける人生の箴言だが、死の知らせに打ちのめされているときには、まだその言葉を受け入れることができない。だから、誰かが死んだときにはまずモーツァルトを聴くのだが、しだいにブラームスが聴けるようになって、死を受け入れる落ち着きを取り戻している自分に気づく——私にとってはそのような曲である。

さて、学期中にコレッジの聖歌隊が出演したコンサートは、五月のイースター礼拝と、六月のコレッジのガーデンパーティだった。イースター礼拝は、世俗化の進んだイギリスでは出席者が少ないだろうと思っていたものの、実際に広いホールに十人も集まらず、驚いた。聖歌隊がいなかったら、どんなに淋しい集会になっていただろうか。英国国教会とメソディストとカトリックのチャプレン計三人が礼拝を行なってから、英国国教会のチャプレンが説教をした。

私はこれまで、カナダのバンクーバーの英国国教会での、作家ジェイン・オースティンを記念するミサ（学会の行事として行なわれたもの）と、英国ウィンチェスター・カテドラルの小学生向けのミサに出席したことがあり、どちらも聴き応えのある説教が行なわれたが、今回は出席者が高齢者であることを考慮してか、「ラジオが登場した時代を思い出してください。時代が変わっても信仰の意味は変わらないのです」という古色蒼然としたスピーチに驚かされた。

ここで歌った曲は、ヘンリー・パーセルの〝O, God the King of Glory〟（「おお神よ、栄光の王よ」）と、英国国教会の賛美歌から数曲と、黒人霊歌数曲だった。参列者に一番好評だったのは、テンポ速く演奏された黒人霊歌〝Go down Moses〟（「行け、モーセ」）で、この曲を教えるとき、指導者のリンは「この曲は宗教曲ではない。苦闘（struggle）を表わした曲なのです」と言った。この言葉を心に留めた隊員は多かったようで、あとで他の人にこの曲の魅力を説明するときに、この言葉が使われるのを聞いた。

礼拝のあと、食堂でのイースターのフォーマル・ホール（晩餐会）にチャプレンと聖歌隊が無料招待され、私が彼らの席から離れて友人の隣に坐っていたとき、同じ時間にコレッジ内の人文学クラブのシェイクスピアの研究会に出ていたイギリス人が「あいつらは礼拝に出ていたんだぞ」とからかい気味に指さし、私の友人が私のことを、「この人は礼拝で歌ったんですよ」と言うと、私の顔を見て、「ずるいな」と言ったのが忘れられない。ウルフソンの食堂では、ハラールの料理も頻繁に出ていて、イスラム教徒への配慮もされているのだが、信仰というのは前世紀の遺物だという考え方をする人もいて、それを語るのも自由なのだ。

ガーデンパーティは広い芝生で行なわれ、イチゴとワインがふるまわれ、ブラスバンドとジャズの演奏を楽しんだが、合唱はホールで行なわれた。曲目は、パーシー・グレインジャーの「カントリー・ガーデンズ」、リンの故国オーストラリアの「ウォルチング・マチルダ」、黒人霊歌の〝Steal Away〟（「イエスのもとへ逃れよう」）、「行け、モーセ」、〝Nobody Knows the Trouble I've Seen〟（「誰も知らない私の悩み」）、ビリー・ジョエルの〝And So It Goes〟（「そして今は……」）。

最後に、コレッジの音楽振興のために力を尽くした学寮長の引退をねぎらって、イギリスの合唱指揮者・作曲家のSir David Wilcock（サー・デイヴィッド・ウィルコック）の〝You bring me happiness〟（「あなたが私に幸せを運んでくれる」）（第二次世界大戦中に書かれたが、譜面が出版されていない曲だそうだ。）を歌った。

リンとの思い出で一番忘れられないのは、毎年七月半ばから九月初めに、ロンドンのロイヤル・アルバート・ホールを中心に連日演奏会が開かれる、クラシック音楽の祭典ＢＢＣプロムスのラストナイトである。クラシックの純粋なファンにとっては、ただのお祭り騒ぎに思えるかもしれないが、文学にせよ、音楽にせよ、万人が楽しむことが第一と思う私は、このイベントを自分が大学で担当する講義「イギリスの文化」で必ず取り上げることにしている。

ホールの中心に立ち見席があって、ステージに寄りかかりながら演奏が聴けるコンサートなど他にはない。イギリスにいる年に、ぜひラストナイトのチケットを入手したかったが、はずれてしまった私は、ハイドパークの野外中継場に行くことも考えた末、九月の冷たい雨に濡れながら旗を振る気力もなくて、結局コレッジの自室でインターネットで中継を見た。「威風堂々」の演奏も終わって、毎年最後に演奏される愛国歌「ルール、ブリタニア」、「エルサレム」、イギリス国歌「神よ女王を守りたまえ」になり、合唱隊が大写しになった中に、私は濃い赤のドレスを着たリンを見つけた。

嬉しくなって、番組が終わったあとで、「私はチケットが当たらなかったので、特等席でラストナイトに貢献しているあなたが羨ましかったです」というメールを送った。すると、翌日の夕方、食堂で偶然、リンと出会った。同じ席で夕食を摂ることになり、あのドレスが青みがかった赤であったことや、シューマン・イヤーについてのプロムスのプログラムの解説が、ワーグナーに比べて、あまり熱がこもっていなかったことや、いつもと違う編曲で演奏されたイギリス国歌のことを聞いた。「今回の「神よ女王を守りたまえ」は、愛国的でも宗教的でもなくて、静かに心にしみとおるような演奏でしたけど、誰の編曲だったのですか」。ベンジャミン・ブリテンの編曲だと言われて納得した。

リンと初めて一対一で話したので、私は自分が英文学研究者であると同時に、短歌を作る詩人でもあると話した。リンに「創作のテーマは何か」と聞かれたので、「主に愛とフェミニズムです」と答えると、「日本でフェミニズムをやるのは大変でしょうね」と言われた。「まあ、そのとおりですが、日本もすこしずつ変わってきているのですよ。私がいい例で、私は十五歳と十二歳の息子たちを夫に預けて、単身イギリスに来ることができたのですから」というのが私の返事だった。

二〇一〇年のケンブリッジ滞在とブリッドポート文学賞のこと

はじめに

二〇一〇年九月初め、北イングランドのハワースにあるブロンテ博物館の図書室で資料研究をしていた私は、ある晩、宿で見知らぬアドレスから来ているEメールに気がついた。開けてみると、それは英国南部の海岸町が主催する「ブリッドポート文学賞」受賞の知らせだった。応募したことも忘れはじめていた自作の英詩が、佳作を受賞したのだった。

一九八二年四月に早稲田大学第一文学部に入学したときに、自分がやがて短歌を作るとは思わなかったように、二〇一〇年四月に在外研究のため英国ケンブリッジに出発したとき、私は英語で詩を書くことなど夢にも思わなかった。出発前は外国語で詩を書くどころか、短歌の翻訳は不可能だと思っていた私が、なぜ、たった半年の間に考えを変え、初めて作った英語の詩でささやかな賞までもらってしまったのか。半年間の在外経験を振り返ってみたい。

母語喪失の経験

私の在外研究休暇は半年間。高校一年生と小学校六年生の息子たち二人を夫一人に任せるには、それが限界だろうという私の判断だった。この短い期間にイギリス生活を満喫しようといろいろ計画した。二十年ぶりの独身生活と、学生生活から得られた開放感は筆舌に尽くしがたい。寝食を忘れて、本が読めた。ロンドンのテートモダン美術館の金曜夜間開館（夜十時まで）を楽しんで、夜中の各駅停車でケンブリッジに帰ることもできたし、日帰りせずに、キングスクロス駅前の安宿にインターネットの直前半額料金で泊まることもできた。

日本では散歩の時間も惜しむ状態だったが、イギリスでは一時間でも二時間でも歩けた。これだけ自由な時間があっても、イギリスの商店や飲食店は日本に比べて閉店時間が早かったり、営業時間が短かったりするので、日本にいるときほど、一日を効率良く使うことはできない。

図書館も、書店も、スーパーマーケットも、従業員が定時に帰れるように、閉める十五分前には利用者を追い出す。土日や昼休みやサッカーの試合の日は誰もが働きたくないので、レジには長い列ができる。不便ではあるが、今日できなかったことは明日やればいいと考えて、心のゆとりを持つことができた。

夏休みに、息子たちを連れてやって来た夫は、マイペースの作家であるが、ロンドンのサーペンタイン池で水鳥と一緒に泳ぐイギリス人や、職務中にジョークを連発する入管や駅の職員に出会って、「この国の人たちは人生を楽しんでいる」と驚きの声をあげたほどだ。

ケンブリッジのコレッジで生活し始めて一か月ぐらいしたある日、びっくりするようなことがあった。大学図書館に行くためにコレッジの裏門を出ると、近くの語学学校の宿舎からアジア人らしい風貌の若者五、六人が出てきて、私の前を歩きながら楽しそうにおしゃべりしている。中国人かな？　違う。韓国人かな？　違う。なんだか小鳥のさえずりみたいな変な言葉だなあ、アジアにこんな言葉があったかしら、と思った瞬間、なんだ、日本語じゃないかと気づいて、気づくのにこんなに時間がかかったことに驚いた。

日本語を書く能力も劇的に変化した。日常的に論文の草稿を書いたり、メールを書いたり、短歌を作ったりしているのに、日本語の同音異義語を正しい漢字に変換する速さがまたたくまに落ちた。複数の変換候補を見て、瞬時に判断できない。きちんと判断したつもりなのに、後で読み返すと、ぎょっとするような漢字に変換されていることが多くなった。その心情を歌った短歌。

「寝た肌がよい」イギリスと思う間に短歌がどんどん片言になる　大田美和

「寝た肌がよい」というのは『枕草子』第八十三段で、清少納言が耳にした俗謡の一節。イギリスと「寝た」かどうかは、ご想像におまかせする。

日本語環境から完全に切り離されていたわけではない。コレッジには、日本人の留学生や訪問研究員、中央省庁から研修に来た公務員が少数ながらいて、朝食や夕食で出会ったときには話をしたし、一緒に演奏会や劇場に出かけたこともあった。

もっとも、この数が激減していることは確実で、英文科の日本人訪問研究員は、最盛期には二十人もいたようだが、この半年は、私を含めて二人しかいなかった。タクシーの運転手からも、「日本は少子高齢化で人口が減っているんだろ、最近見かけないから」と言われて、「まだイギリスの人口の二倍以上いますよ」と答えたこともあった。

ケンブリッジの構内でも、シティセンターでも、よく見かけたのは、中国大陸から来た人たちだった。エスニック・マイノリティである日本人同士が出会ったときは、おそるおそる英語で、「もしかして日本人ですか?」と話しかけた。みな、日本が恋しくなって、日本人かと思って話しかけては、中国人や韓国人だと知って落胆した経験をしていた。

面白いことに、外国人は日本人を日本人だと見抜くのに、日本人同士はだれが日本人か、識別できないのだった。「同国人がわからない私たちって、いったい何者なの?」と顔を見合わせて苦笑したものだ。

日本人は減ったといっても、日本人が勤勉で礼儀正しく、平和を愛する国民だというイメージは、ありがたいことに定着している。一番驚いたのは、コレッジの中にも外にも、村上春樹の愛読者がたくさんいたことで、「日本人は村上春樹を原文で読めていいね」とうらやましがられた。

夫とはスカイプで、ほぼ毎日話していた。時差のせいで、いつも朝、食堂に行く前に着信音が鳴って参ったが、芸術や社会状況の話は、私たち夫婦をつなぐ紐帯だった。また、在英中に本を出版し、帰国後に学会の仕事を複数約束していたため、頻繁に日本とメールのやりとりをする必要もあった。

毎日のニュースはBBCのテレビ放送で見ていた。部屋にテレビはなかったが、インターネットで生放送が見られる。二〇一〇年は総選挙の年だったため、候補者と市民のやりとりや、選挙結果の予測、投票日の大混乱、パブで一杯飲んでから投票の列に並んだ労働者たちが時間切れで投票できなかったり、投票用紙が足りなくなって投票できなかったりをライブで楽しんだ。

コレッジの談話室では、新聞数紙が自由に閲覧できた。舞踊家の大野一雄が日本で死んだときは、「ガーディアン」に一ページの追悼記事が載った。「タイムズ」は日本の話題を多く載せていた。分厚い日曜版は読み応えがありすぎて、気がつくと三、四時間たっていることもあった。ホームレスの社会復帰支援のストリート・マガジン「ビッグ・イシュー」も、教えられること、考えさせられることが多く、毎週販売員と言葉を交わして買うのが楽しみだった。クラシック音楽の祭典BBCプロムスのラストナイトのチケットにははずれてしまったが、生中継で、合唱隊席にコレッジの聖歌隊のリンさんの姿を見つけて、メールで感想を送り、あとでコレッジの夕食で偶然出会って詳しい話を聞いたのも、いい思い出である。

ウルフソン・コレッジの雰囲気

英語環境にこれほどなじんだ理由として、他に思い当たることは、私の滞在したウルフソン・コレッジの雰囲気である。このコレッジは、早稲田よりも、東大よりも、私の「母校」と感じられる場所になった。ウルフソンは一九六〇年代に作られた新しいコレッジで、伝統的なコレッジのような壮麗で威圧的な建物はない。マレー半島やインド大陸からの留学生が多く、華僑の富豪の寄付によって作られた図書室と中国庭園と日本の体育館のようなホールがあった。

聖歌隊はあったが、チャペルはなく、聖歌隊のリーダーはオーストラリア出身のメゾソプラノ歌手リンネット・アルカンタラ（BBCシンガーズのメンバー。通称リン）だった。この聖歌隊に入って、学部生時代（早稲田大学混声合唱団）以来、久しぶりに合唱を楽しむことができたが、それは別稿（＊註　本書P155〜163「ケンブリッジ大学ウルフソン・コレッジで知った合唱の喜びと可能性」）に譲ることにする。

他のコレッジの人からも、「ウルフソンはフレンドリーで居心地がいいでしょう」と言われた。ポーターズ・ロッジのポーターのデイヴィッドは、留学生や孤立している学生に、さりげなく声をかけてくれた。私は机とベッドとバスルームしかない個室に住んでいたが、共同のキッチンで出会った人といろいろな話をしたし、掃除婦たちとも言葉を交わした。彼女たちから、部屋がいつも片づいていて、掃除の時間の交渉にも応じてくれる「ナイス・ジャパニーズ・レイディ」と呼ばれていたが、いいようにあしらわれていたのかもしれない。

日本の現代文化について博士論文を執筆しているデンマーク人の学生は、頭が硬くて古風な指導教授と絶えず対立していたが、コレッジのチューターのおかげで精神の安定を保てていると話してくれた。彼女は失業中の夫とコレッジに住んでいたが、この夫がコレッジのボートチームに志願したところ、チームはトレーニングルームで現レギュラーと彼に、制限時間内に何回オールを漕げるかという勝負をさせ、彼は勝って、レギュラーに入れてもらえたそうだ。このエピソードから、ウルフソン・コレッジのオープンな雰囲気がわかると思う。

コレッジは訪問ジャーナリストも受け入れていた。あるインド人ジャーナリストは、「今度、休暇が取れたら、日本の大学院で学びたい。英語で修士号が取れる大学院を教えてくれ」と私に聞いてきた。彼との交流を通じて、日本の大学のグローバル化、特に英語による授業を増やすことについて、私は推進派に賛成するようになった。友だちが日本に興味を持ってくれて、日本で学びたいと言ったときに受け入れられないなんて情けないではないか。

コレッジの食堂で出会った人々との会話は忘れがたい。中国系マレーシア人の学生は、自分の出身高校の卒業生の大部分は外国で働いていると言い、「移民はいいことだよね」と語った。折りしも総選挙後のイギリスでは、自由民主党と連立内閣を組んだ保守党のデイヴィッド・キャメロン首相が移民制限の強化を明言し、ウルフソンのフォーマル・ホール（晩餐会）でさえ、１９６０年代にイギリスは移民を入れすぎたという会話が聞かれたときだった。

彼は滑らかな英語を話していたが、夏休みの一時帰国後に再会したときには、中国語訛りの英語になっていたのがほほえましかった。この彼の隣にすわった韓国人学生が、ある日の朝食で、「君たち中国人が、マレーシアの中でアメリカのユダヤ人のように政治的な権力も握ろうとしないのはなぜ?」と素朴な疑問をぶつけていた。日本語環境では、こういう話題はできるだけ避けようとするのではないだろうか。

インターネット時代のおかげで、会えばすぐに「メルアド」を交換した。私は、世間話は苦手だが、話したいことはあり、その話を喜んで聞いてくれる人がいれば、体調のいいときにはいくらでも話せる。このタイプは英語環境では歓迎されることがわかった。ある朝食の席で、私ともう一人の日本人訪問研究員のO先生が日本事情を聞かれて、最初は「私たちは」と答えていたのだが、途中から私が「私はそうは思わないわ。私は……」としゃべり始めたところ、マレーシア人の国際関係学者に「ミワさん、あなたは面白い!」と日本語で言われて、嬉しくなった。

法学を学んでいる中国と韓国の学生とは、夕食の時に出会って、詩の話や日中韓北朝鮮の政治家のゴシップなどで意気投合し、朝食のときも食堂が閉まるまで話し込んでしまった。キングス・コレッジに詩碑がある中国詩人徐志摩の詩を暗唱してもらい、その詩の朗読と映像が楽しめるYoutubeのサイトを教わった。その詩碑の場所に案内してくれたのは英文科の台湾人学生であった。十九世紀の作家ジョージ・エリオットがケンブリッジを訪問したとき、何よりも若い学生との対話が楽しかったと日記に記し、「コレッジの朝食会」という詩で描いたのはこの喜びかと膝を打った。* この思い出はすぐに散文詩「乾杯」となり、日本の詩人からメールで参加を呼びかけられた『朝鮮学校無償化除外反対アンソロジー』に掲載した。

二つの文学祭

滞在中に、英語で文学や音楽や美術を楽しむという体験をたくさんしたのも、英語環境になじみ、英語で何かを発信するという意欲を増すのに貢献したと思う。四月初めにグラスミアのドロシー・ワーズワス・フェスティバルに出かけることにしていたので、コレッジの図書室で未読だったドロシーの『日記』と、ワーズワスの詩を宿題でも出されたようなスピードで毎晩読んだ。

ウルフソンは理系の大学院生が多く、伝統の浅いコレッジなので、蔵書全般、特に文学書は見劣りがしたが、そこにあったドロシーの『日記』は、定本ではないが、初心者にとって親切な注釈が付されたヴァージョンで、大いに助けられた。

グラスミアでは、桂冠詩人のキャロル・アン・ダフィが選んだ英国各地の女性詩人が、スピーチを交えながら、自作を朗読した。それぞれの詩人が自分の声と言葉を持ち、言葉によって、その場の空気を自在に操る技に長けていた。

中でも、キャロルのスピーチは忘れがたい。彼女は「マスコミ関係の人はいませんね」と確かめてから、「ここだけの話ですけど、私は昨日、ワーズワスの墓参りをしてこう言いました。こんにちは、ウィリアム、私が新しい桂冠詩人です。私、女の子なのよ！　ガハハハハ（笑）」。マンチェスター出身の彼女の英語はイングランド北部なまり丸出しで、この桂冠詩人が、テッド・ヒューズのようにオックスフォードで身につけたような英語でシェイクスピアを読むことはないだろう。ついに、女の堂々たる桂冠詩人が登場したことに拍手し、彼女の詩集を買って読んだ。

グラスミアから帰ると、ケンブリッジ・ワード・フェスタという文学祭が開かれた。町全体が芸術祭の空間になる楽しさは、エディンバラ・フェスティバルでおなじみだが、どんなふうになるのか、わくわくしながら参加した。劇場を会場にしたハニフ・クレイシの全集刊行記念対談では、質問コーナーで頑張って質問した。たくさんの挙手の中で当ててもらうのはむずかしいが、黒髪のアジア人はあまりいなかったので、目立って有利だったかもしれない。

ニューナム・コレッジを会場にした、反ナチ運動に貢献した二十世紀の作家フィリス・ボトム再評価の新著披露講演では、ニューナムのフェロー、パム・ハーシュ先生と印象的な出会いをした。リベラルであり、フェミニストであるパム先生の講演に共鳴し、サイン会の列に並んで、「こう言ったら失礼かもしれませんが、あなたがフィリス・ボトムのことを「彼女は私の好みのタイプだ」とおっしゃったように、あなたは私の好きなタイプです」と言ってしまった（今考えても赤面してしまう。初対面なのに、まるで愛の告白ではないか）。

連動する企画として、ケンブリッジの映画館での関連映画の上映にも行って、パム先生の説明を聞いた。この新著を日本語に翻訳したいと思い立ち、会見を申し込み、会見までの短期間に彼女の著作すべてを読んだ。偶然だが、このあと、ニューナム・コレッジの行事として開かれたポエトリー・リーディングの会で、研究者も創作者も輩出してきたニューナムの伝統（たとえばマーガレット・ドラブル、B.S.バイヤット、シルヴィア・プラス）を継承すべく、若い作家たちを教員として励ましているパム先生の姿にも接することができた。

この後、パム先生に実際に会って、ゆっくり話したのはビジネス・ランチの一回きりだが、著書の感想を書いたり、TLSに書評が載るという情報をもらったり、日本の出版社との交渉の経緯を知らせたり、メールのやりとりをした。

この翻訳出版計画は、複数の出版社に断られ、帰国後の私が校務で忙殺されたため、まだ実現していない。ある大手出版社は断りの理由として、「有名タレントが「感動した」と言った本か、ハリウッドで映画化が決定した本でなければ、翻訳出版は無理である」と答えた。私たちはこういう時代に生きていることを認識したうえで最善を尽くさなければならない。

パムの本は、『フィリス・ボトム伝』にしても、『バーバラ・リー＝スミス・ボディション伝』にしても、困難を乗り越えて、社会のために生きた人を魅力的に描いており、読みながら、心が折れてしまった日本の教え子たちの顔が浮かんで、みんなに読んでもらいたいと思った。このプロジェクトは、いずれなんらかの形で実現したい。

この他にも、インターネット時代の利点で、ケンブリッジの大学内外のイベント情報は、広報誌やポスターのみならず、メーリングリストでも回ってきて、時間の許すかぎり、参加した。サイエンス・カフェにも出席して、そこで肥満について遺伝子学者の立場から発表したコレッジのフェローが、妻の写真家の展覧会のお知らせを遠慮がちにコレッジのメーリングリストに投稿したのがきっかけで、展覧会場となったケンブリッジ大学の病院のあるアデンブルックまで出かけた。この夫君は中国系アメリカ人で、彼女は展覧会場で美味しい中国茶を淹れて、私をもてなしてくれた。

また、国をあげての「ダイバーシティ・平等」政策の一環としての職員研修や、ジェンダー法学の講演、結婚をめぐる法律の国際比較の博士論文の中間発表など、ここには書ききれないほどのイベントに参加して、知的刺激をたくさんもらった。気楽な訪問研究員ならともかく、学位論文執筆中の大学院生が、こんなにたくさんのイベントに参加したらどうなるだろうかと心配の方には、院生はタイムマネージメントの授業を必修で取らされる、ということをお伝えしておきたい。

キャサリン・ウィーラー先生の励まし

詩を書く私の背中を押してくれたのは、英文科のキャサリン・ウィーラー先生だった。彼女の詩の講義の時間に、ダーウィン・コレッジの訪問研究員のT先生からキャサリン先生を紹介していただいた。その後、先生がフェローを務めるダーウィン・コレッジや、先生のお宅で食事をしながらおしゃべりを楽しむことができた。私が短歌を書くことを話すと、キャサリン先生は大いに興味を持ち、「英訳して持ってきて」とせがまれた。私は自分の代表歌の中から、次のような四首を選んで英訳して見せた。

風花って知っていますかさよならも言わず別れた陸橋の上　大田美和
バス、電車、バスと乗り継ぎ自転車に乗る頃ママの顔になってる　同
チェロを抱くように抱かせてなるものかこの風琴はおのずから鳴る　同
第九交響曲の夜に私のいたはずの空席にテロの死者が来ている　同

先生はとても気に入ってくださり、「もっと読みたいから、また訳してきて」と言われた。そして次の講義では、話の合間に、「皆さん、この教室には詩人がいるのよ」と、とても嬉しそうに言われた。それが誰なのか先生は明言しなかったが、こんなに嬉しくて、気恥ずかしい思いは、これまでに経験したことがなかった。
キャサリン先生がこんなに親切にしてくださったのは、詩への愛着だけではなく、先生ご自身がアメリカ出身で、ご自身の経験から、留学生や訪問研究員がケンブリッジで快適に過ごせているか、いつも気にかけているからだと思う。先生はドイツで哲学を学んでから、イギリス文学研

究に転じた。イギリス人の数学者ピーター先生（ウルフソン・コレッジのフェロー）と結婚したが、今でも昼の時間が最も短い十一月には休暇を取って、ご母堂と姉妹のいるフロリダに行くという。

六月末のランチタイムに私は意を決して、キャサリン先生に打ち明けた。「他の人には内緒ですけど、英語で詩を作って、文学賞に応募しました」。どんな詩なのか、と聞きたげな顔の先生に、「もう送ってしまったので、その詩のことは、これ以上考えたくありません」。すると、先生は「今にわかるわよ（結果が楽しみね）」とほほえんだ。

その後、キーツとファニー・ブローンの伝記映画「ブライト・スター」（ジェイン・カンピオン監督）を見た感想や、ウィンチェスターのキーツの散歩道を歩いた感想をお話しするようなおつき合いが続いたが、三か月後、はたして先生の予言どおりになった。先生に真っ先に受賞を告げると、ほんとうにわがことのように喜んでくださった。

受賞作品集が作者のプロフィールとともに出版されることを話すと、「これで、あなたが歌集の英訳版を出版するときの出版社が見つかったわね」ともおっしゃった。私が受賞作をお見せすると、くすくす笑いながら読まれた。受賞作は次のような詩である。

Bon appétit

Miwa Ota

For the first time in fourteen days in Cambridge
I gave in to the hidden desire and went to a Chinese shop.

Joyously did I come back with tofu, miso, dried fish and laver.
Put them in a Heffers' coffee cup, add boiling water and stir well.
Dried headless anchovy from Thailand must have made an exquisite soup,
but the first sip of it brought me strange feelings.
It was as if I had met my mother on a foreign street at dusk
after a very long separation for some mysterious reason,
and asked her absentmindedly, 'May I have your name, please?'
Looking away from her sad, old face, I was sorry and ran away.

さあ召し上がれ（日本語訳）　　　大田美和

ケンブリッジ滞在十四日めに初めて
私はひそかな欲望に負けて、中国人の店に出かけた。
喜びいさんで私は帰った、豆腐と味噌と煮干と海苔を買って。
ヘファーズの＊コーヒー・カップに入れて、お湯をそそいでよく混ぜて。
タイ産の頭をはずした干しアンチョビーからはいい出汁が取れたはずだが、
最初に一口すすると、変な感じが広がった。

まるで、不可解な理由で長いこと離ればなれになっていた自分の母親に
たそがれ時に異国の通りで出会って、
うっかりして、「どちら様でしょうか」と尋ねてしまったかのような。
母の悲しげな年老いた懐かしい顔から目をそむけて、
私は申し訳なくて、逃げ去った。

＊ヘファーズは英国ケンブリッジにある老舗書店

ごらんのように、韻文ではないものを英詩と呼ぶのははばかられるが、意外な展開と一種の詩情が漂うものにはなったと思う。すこしだけ自慢すると、この賞は応募者の国籍は不問で、世界中からインターネットで応募できる文学賞だと標榜しているが、ショートリストの名前から、ほとんどが英国の母語話者とわかる。受賞後一年間は、ウィンダミアの丘に立つ私の写真とプロフィールが、ブリッドポート賞のホームページの受賞者ページに載って、誇らしい思いをした。

受賞してなにより嬉しかったのは、ケンブリッジの友人たちにお祝いのメールをもらったことだ。「政治体制が変わらないかぎり、帰国するつもりはない。今では家族が気軽に遊びに来られるから淋しくないよ」と虚勢を張っていた中国人の学生は、故郷を離れて異郷を漂う者の心にしみる詩だというメールをくれた。聖歌隊のリンさんは、コレッジの広報部に伝える労をとってくださり、おかげで同窓会誌に受賞報告と、受賞作を日本語付きで掲載させてもらった。

また、来日経験があり、自宅にも招いてくれたシニア・フェローのウィタカー先生（神経生物

学者）は、日本の学会で接した、学者も即興で俳句を作る日本文化を絶賛していたが、この詩のノスタルジックで夢幻的な雰囲気と母への思いに共感してくれた。台湾人の大学院生は祝福してくれながら、博士論文を仕上げて、これからひとかどの者にならなければならない自分の気持ちを引き締める決意を語ってくれた。

若者をもっと海外へ

以上のように、五十歳を目前にした中年の教師でも、たった半年のケンブリッジ滞在で硬い頭を柔らかくして、自分の人生に、さらにもう一つ（二つ？）の新しい回路を開くことができたのだ。いわんや有為、無為の若者をや。柔軟な思考を獲得するには、自由な環境で、多様な思考に触れて、それを楽しむことがなによりも大切だ。最先端の脳科学が、脳は喜ばせたほうが持っている以上の力を発揮すると証明している。

詩人であるためにも、研究者であるためにも、よい授業をするためにも、精神の自由の獲得ほど重要なものはないと痛感した。日本にいるかぎり、大学でさえ、その自由の獲得が年々むずかしくなっているが、そういう世界ばかりではないことを知るためにも、若者には、できるだけ海外に出て、別の世界を見てもらいたいと切望する。そして、そのような若者を資金的に精神的に励ます大人が、もっとたくさん必要だ。

帰国して半年後、東日本大震災と福島原子力発電所の事故が起こったとき、ケンブリッジ滞在でその重要性を確信した、日本からの（英語による）発信が今こそ必要なときはないと思った。

震災直後のBBC放送のインタビュー（日本でインターネットの録画で見たもの）に、政治家の与謝野馨氏が、「日本国民は愚かではないから、（復興資金と経済回復のために増税しても）十年耐えてくれると思う」と静かに語った姿が印象に残っている。日本は大丈夫だというメッセージを、世界に定着している日本人のイメージに載せて発信したからだ。

人文学に携わる者にできることはささやかだが、声を、言葉を発信するしかない。少しでも英語ができるのなら、英語で。そう思って、まわりの人に声をかけ、ブリッドポート賞への応募を誘ったが、英語ができないと尻込みする人があまりにも多い。

本格的な英詩を作るのは確かにむずかしく、私もその後はショートリストにさえ載らない。あれはビギナーズラックだったと思い始めているが、詩人たる者あきらめるわけにはいかない。母語で作る短歌でさえ、最長で半年間、鳴かず飛ばずの時期があったのだ。

ブリッドポート文学賞には、短篇およびフラッシュ・フィクション（超短篇）部門もあり、賞金は佳作でも50ポンド（B&B一泊分）もらえる。また、選考委員が毎年替わることで公平性が担保されている。日本からの声の発信が増えることを期待したい。

＊　この体験はジョージ・エリオット全集第十巻『詩集』（彩流社、二〇一四年）の詩「コレッジの朝食会」の翻訳と「解説」に活かすことができた。

イザベラ・リントンを短歌でうたえば

「創作は拡散する作業であり、研究論文を書くのは集約する作業だ」と言ったのは、現代の作家マーガレット・ドラブルだっただろうか。なるほど、そのとおりだなと思いながら、私は英文学の論文を書き、短歌を作ってきた。もっとも、ドラブルのように目から鼻に抜ける秀才ではないので、創作と研究を明確に峻別することもなく、不器用に、ゆっくりとである。

なぜ短歌も作り、英文学の研究もしているのかとよく聞かれるが、どちらも好きだからという以外に、はっきりとした答えは持ち合わせていない。私が短歌で取り上げる主題は、恋愛、結婚、性、文学、音楽、絵画、子ども、現代の風俗、生と死など、いろいろだ。このうち、文学を取り上げる場合、ある発想が浮かんだときに、なぜそれが短歌になるのか、あるいは論文になるのかは、私自身も正直なところ、よくわからない。『嵐が丘』の作中人物を登場させた短歌を一例に、そのあたりがどうなっているのか考えてみたいと思う。

数年前、「英語青年」に、「『ワイルドフェル・ホールの住人』から見た『嵐が丘』の眺め」という論文を発表したとき、熱烈なブロンテ・ファンから抗議の手紙を受け取った。私がイザベラ・リントンを「自分さえよければいいという性格の弱さ」を持つ人物と断じたのは、不当だというのである。私の論文は、『嵐が丘』の中心主題は、卑小な人間の持つ感情容量の驚くべき大きさにあると論じたもので、キャスリンとヒースクリフの欠点にも触れており、イザベラにだけ、きつい見方をしたわけではなかった。

だが、その後、イザベラのために何かしたいという気持がどこかに残ったようだ。これを契機に、「イザベラ・リントンから見た『嵐が丘』の眺め」という論文を書くことも可能だったのだろうが、数か月後、こんな形の短歌になった。

夜泣きのはじまるまでの数分わたくしはイザベラ・リントン拉致してください　　大田美和

創作の動機として、イザベラ・リントンを題材に一首作ろうということが初めにあったわけではない。子供の夜泣きから解放されたいという思いが、まずあった。「解放」ではなく、「拉致」という言葉が浮かんだのは、当時、北朝鮮への日本人拉致事件など、いくつかの拉致事件が起こって、「拉致」という文字が新聞を賑わしたからだと思う。「解放」というと真っ当な表現だが、「拉致」は本来、ネガティブな言葉であって、「拉致してください」という日本語は、文学的なコンテクスト以外の通常の場面では、まず存在しえない。

だから、自分自身や家族が「拉致」された経験のある人が、この短歌を見たら、非常に不愉快に感じることだろう。しかし、私が狙っているのはもちろん、読者を不愉快にすることではなく、言葉を日常とは違うコンテクストに解き放って、その言葉の生命力を取り戻してやることである。

「拉致してください」という言葉を思いついてから、その言葉を発するにふさわしい作中人物を捜した。すると、すぐにイザベラ・リントンが浮かんだ。何不自由なく育ち、相続権まで約束された身分に飽きて、衝動的にヒースクリフに身を任せるイザベラの愚かしさと、子どもに恵まれたのに、夜泣きから解放されたいと願わずにはいられない母親の愚かさ。一見無関係に見えるこの二つが、私の中ではしっくりと一致したのである。同じ頃、同じ主題でこんな歌も作った。

生き延びたシルヴィア・プラスは朝毎に子に用意するしょっぱいミルク　大田美和

最後に、問題。最初にあげた歌の「拉致してください」という言葉は誰に向けられているのだろうか。夫以外の恋人？　それとも、夜泣きの苦労をわかってくれない夫？　あるいは、不特定多数の第三者？

この問いの答えは、読者のみなさんに考えていただきたい。みなさんがご存じのように、作者は作品のすべてを掌握しているわけではなく、作者もわからない余白の部分を埋める楽しみが、読者にはきっと開かれているはずだから。

女の鑑

英文学の研究者として、私がここ数年取り組んできた仕事は、一つは英国ヴィクトリア朝時代の作家エリザベス・ギャスケル研究、もう一つは、同じ時代の作家ジョージ・エリオットの詩の共訳（彩流社から二〇一四年十二月に刊行）である。

イギリス小説の好きな人は、ギャスケルを「ギャスケル夫人」として知っているかもしれない。また、マルクス主義に関心のある人は、経済学者フリードリヒ・エンゲルスが書いたのと同じマンチェスターの労働者の悲惨な状況を、ギャスケル夫人が小説『メアリ・バートン』で描いたと聞いたことがあるかもしれない。

彼女は、その呼び名のとおり、作家である以前に、妻であり、母であった二流の女流作家とみなされてきた。しかし、フェミニズム批評とジェンダー論により、一九八〇年代後半以来、めざましい再評価が始まり、その小説と書簡の再読が進んでいる。夫や子どもがいれば仕事に割ける時間も労力も少なくて、大した仕事はできないし、プロ意識もないという思い込みがついに覆されたのだ。

ギャスケルは泣かせる話も、怖い話も得意だし、ジェンダーやセクシュアリティという点でも面白い。母性をジェンダー化しないし（赤ちゃんを女装してあやすオジサンが登場）、策略を使って協同し、危険から身を守る女たち（男装した侍女と夫婦のふりをしてDV夫から逃れる妻）を描き、オートエロティシズムや、女性の同性愛的な関係も書き込んでいる。*

チャールズ・ディケンズは、「私のシェヘラザード様」とギャスケルに自分の雑誌への寄稿を依頼したが、彼女は彼の勝手な書き換えに文句を言い、修正提案を拒絶した。ディケンズいわく、「怖い、怖い、ギャスケル夫人。俺がギャスケル氏だったら、ぶんなぐってやるのに」（友人宛の手紙）。

ギャスケルは、原稿料を得ては、ストレス解消と取材のためにヨーロッパ各地を旅行し、ロンドンで出会い、ローマで再会した、年下でハンサムなアメリカ人学者チャールズ・エリオット・ノートンと親密な文通を楽しんだ。次の歌は大田の勝手な妄想である。

立て続けのメールに愛の語はなくも隈なく君にくちづけられる　大田美和

芸術家と呼ばれて冷たい風が吹く恋人と呼んでほしいあなた　同

自分の天国は、クリームをかけたイチゴを永遠に食べ続けるところ、と手紙に書いたギャスケルは、原稿料前借でジェイン・オースティン・カントリーに購入した別荘で、友だちとお茶を楽しんでいる最中に、心臓発作で即死した。まさに働く女の鑑である。

私は運よくブロンテ姉妹より生き延びた後、ギャスケルを当面の目標としてきたが、そろそろ彼女の死んだ年齢である、五十五歳に近づいたので、次の目標を探している。

＊註　大田美和「ギャスケルの『北と南』をクィアする」中央大学人文科学研究所編『愛の技法――クィア・リーディングとは何か』所収、中央大学出版部、二〇一三年。

『嵐が丘』とシブデン・ホール

二〇一三年八月、シャーリー・カントリーを旅することを思い立ち、Halifax の中心部に近い Shibden Hall を訪問した。* シブデン・ホールは、レズビアンの歴史を書き換えた記録として、近年、評価の高い日記の著者、アン・リスター（Anne Lister〔1791-1840〕）が女領主として住んだ屋敷である。

エミリ・ブロンテが教師を務めた Law Hill から徒歩圏内に位置し、『嵐が丘』のスラシュクロス屋敷のモデルの一つとされる。しかし、ハーフ・ティンバーのテューダー朝マナーハウスの質実剛健な室内は、むしろ嵐が丘屋敷を連想させる。私は、代々の領主の肖像画が見下ろす「ハウス」（Housebody）で、ギマトンの音楽隊が嵐が丘にやって来たクリスマスの場面を思い出した。

歴史を感じさせる家具や、食器や、道具類が展示されてはいても、手紙や日記などが展示されているわけではないので、室内全体を見るのに、それほど時間はかからない。それでも私は、ここ数年、アン・リスターに関心を持ってきた者として、立ち去りがたくしていると、「詳しい解説ができる者を呼びましょうか」と声をかけられた。

そして、案内人から、テラスでくつろぐ領主と来客に、使用人がお茶や、料理を運ぶための秘密のトンネルがあること（使用人の見苦しい姿を見せないための工夫）を教えてもらった。また、通常は非公開の塔に登らせてもらった。

アンが増築したノルマン様式の塔は、ライブラリーになっており、知的好奇心の旺盛なアンが、大聖堂の司教のように日常生活から離れた空間で、読書や執筆に専念できたことが偲ばれた。「アンが小説を書き残さなかったのは残念だ」と私が言うと、案内人は「アンの階級意識を考えると、小説を書くことなど、ありえない」と答えたが、これは議論の余地がある。

アンは文学よりも、哲学や、神学や、数学に興味が向くタイプだったようだ。それに、彼女が、裕福な領主という特権と人間的魅力によって、多くの女性たちを魅了して、恋愛における自分の心と身体の反応を、暗号で日記に詳細に記していたことを思えば、小説というメディアを使って、白日夢に耽ったり、社会への密かな異議申し立てを行なったりする必要はなかったのだろう。

アン・リスターは、女領主アン・ウォーカー（Ann Walker）との「結婚」を、人形を作って囃し立てられるような嫌がらせを受けはしたが、女も自由意志を持つ人間であることはアンには自明のことで、彼女の人生の選択に迷いはなかった。クィア・リーディングによって、性的少数者と異性愛者の断絶が架橋された今、アン・リスターとブロンテについて、ジェンダーと階級とジャンルという点で研究できることは少なくないだろう。

『嵐が丘』との関係で注目すべきは、屋敷の下の谷に広がるパークである。爵位を持つ友人たちとは異なり、馬車を新調したり、屋敷の大増築を行なったりする経済的余裕がなかったアンは、改良熱をパークにそそいだ。細長い池の背後には鬱蒼と茂る森が連なって、木々の温もりに抱かれているような心地よさを与えてくれる。

メモリアル・ベンチに座って森を眺めていると、かつて子どもたちと遠足に出かけた公園で、「広くても、大きな生垣に抱っこされているような場所では、子どもは安心して遊べるんです」と保育園の園長に教わったことを思い出した。児童心理学の知識がなくてもうなずける安心感であり、シブデン・パークこそ、誕生と同時に母親を失ったキャシーが、ヒースクリフの魔手から守られ、深い愛情としたたかさを自律的に育てるのにふさわしい環境と思われた。

しかし、このパークは、イザベラがヒースクリフへの恋慕をいたずらに募らせた場所でもあった。

＊　この訪問の成果は「ヨークシャーの女たちの物語――『シャーリー』、『アン・リスターの日記』、『ミス・マイルズ』をつなぐ」中央大学人文科学研究所編『読むことのクィア　続 愛の技法』（中央大学出版部、二〇一九年）となった。

ウィリアム・モリス『サンダリング・フラッド』を読んで

神話や伝説をたくさん読んできた人間の目には、見慣れた風景が微妙に書き換えられている。そのニュアンスの微妙な違いと、その違いが示唆する、この物語と法や制度との関係に、物語好きの私は引きつけられました。

まず、一番ぞくっとしたのは、分量にして全体の三分の二をすでに過ぎたところで、手がかりの得られない恋人の行方の情報を知っているという男に騙されて、主人公のオズバーンが森に入り、かがんで水を飲むところです。

物語に淫している人なら、ヒーローが水を飲もうとしてかがむ動作を見ただけで、次の展開が予測できるはずです。それは、北欧神話のシグルドとドイツの『ニーベルンゲンの歌』のジークフリードの暗殺の場面、背後から悪党に不死身の身体の唯一の弱点である肩甲骨の間を突かれるという場面です。ワーグナーの楽劇『ニーベルンゲンの指輪』最終話の『神々の黄昏』の舞台のいくつかを映像として思い起こす人も少なくないでしょう。

純真で誠実な人が（魔法の薬のせいで、結婚していたことを忘れて、別の女と結婚してしまうという、騙されやすい、ぼんやり頭の持ち主ではありますが）、この世では報われず、邪悪で下劣な悪党にあっけなく討ち果たされてしまう。そのような「この世」の不条理を嘆くのが、物語では定石でありました。

しかし、モリスはここを絶望から希望に変わる転回点としています。魔剣ボードクリヴァーを持ち、「赤童子」の異名を持つ主人公は、ここで脇腹を刺され、頭を何度も殴られた後、もちろんとどめを刺されそうになりますが、すんでのところで免れる。というのは、首を落とされそうになる寸前で、彼の親友にして、おそらく妖精であるスティールヘッドが表われて、悪党どもを追い払うからです。

その後の展開はいたって簡単です。ヒーローの怪我は全治六週間の重いものですが、この最後の試練を経た後、彼は長く行方を捜していた恋人の、守役である老婆に森の中で出会い、ついに恋人と再会するのです。

この再会に導く場面で、長く、ただ「老婆」とされてきた女が、「年齢のわりには美しく、背がまっすぐで高い女性」というように描写されていることにも注目したいと思います。神話・伝説では多くの場合、「老婆」は時間の経過の結果ではなく、一つの役割として固定され、この「老婆」がかつて若かったことなどなかったような使い方をしますが、稀に、この「老婆」というのは、若い乙女の偽装であることがわかる展開をするものもあります。ここでも、通常の神話・伝説の中の年取った女性の役割に対する、ラディカルではないが、近代における通常とは異なる扱いを見ることができます。

ジェンダーということで言えば、通常非対称であるジェンダーが、この物語では、物語の信憑性を損なわない範囲で、できるだけ対称的になっていることにも注目したいと思います。別れ別れになった男女のうち（もともと渡れない急流の両側に引き裂かれた男女ではありましたが）、男が試練の旅に出るというのは物語の定石としてよくありますが、ここでは女も放浪するのです。なんといっても、美しい若い女なので、気ままに歩くわけにもいかず、また行く先々でレイプの危険に遭いますが、老婆の魔術によってこの危険から脱出します。

それではやはり、ジェンダーが対称的になっていることを指摘しておきましょう。旅の途中で助けを求められたある騎士は、彼女に一目惚れした様子でしたが、彼女が幼い頃から将来を約束した男がいて、その気持ちが変わることはないと知ると、潔くその気持ちをおさえ、友人として振る舞い、死を覚悟した出陣の際には、自分の母親の悪意に曝されないように、自分が死んだらすぐに逃亡するように、と言い置いていくのです。

そんなうまい話があるものかという反論は可能ですが、現実世界のジェンダーにのっとって構築された物語世界とは異なり、男の場合にも裏切られることのない熱い友情が、女の場合にも描かれることになります。

この物語では、パラレル・ワールドが示唆されているのも興味深いことです。オズバーンがこれからも外の世界で闘い続けることを選べば、戦死の未来が待っているのですが、渓で暮らせば幸福な一生が待っています。しかも、あの年を取らない親友の妖精と、時折り交流することもできるのです。

テリー・イーグルトン『ゲートキーパー』を読む

ごぞんじテリー・イーグルトン（Terry Eagleton）の待望の自伝 *The Gatekeeper*（A Memoir, 2001）の翻訳である。九〇年代の日本で、イギリス人教授から彼にまつわるいろいろなゴシップを聞いていた私は、クリントン前大統領の自伝を読むように興味津々で読み始めた。オックスフォードには、イーグルトンの親衛隊があったとか、セクハラ疑惑とか、フェミニストのトリル・モイ（本書の翻訳者の一人、滝沢みち子さんが本誌「New Perspective」179号〔二〇〇四年六月一九日発行〕で紹介していた、『ボーヴォワール――女性知識人の誕生』の著者）との恋愛と相互の学問的影響……。

それらについては、本書ではひとことも触れられていないので、少々がっかりした。オックスブリッジの教授たちの異常な生態は次々に出てくるが、その中には、残念ながらイーグルトン教授は含まれていない。イーグルトンは本書の中で、「反自伝」とは〈自伝というジャンル特有の好色と無遠慮を出し抜いて、作者自身の自己顕示欲と、こちらの内面生活に入り込みたいという読者の欲望の裏をかくようなやり方で自伝を書くことなのだ〉と述べているから、私はまんまと彼の術中に陥ったことになる。

本書に登場するおかしな教授の筆頭は、指導教授であったドクター・グリーンウェイである。この恩人に対しては、思想と呼びうるものはハムスターほどにも持ち合わせておらず、学問と知性は両立しないと教えてくれた、とじつに手厳しい。ここでイーグルトンは確信犯的に恩を仇で返している。もっとも、晩年のデイヴィッド・セシル卿に対しては、それなりの敬意が払われている。また歴史学者E・P・トムソンについては、犯しがたい威厳に圧倒されたことがわかる。なおレイモンド・ウィリアムズの周囲の人々の階級意識を攪乱する姿は、とりわけ印象に残る。

アイルランド系のカトリック教徒として育った子ども時代の貧困と病苦は、想像を絶するものがあるが、それだけにユーモアのセンスがいっそう光っている。彼は自分の大学でのゴシップには触れないものの、自分自身を笑い飛ばすことを忘れてはいない。たとえば、上流の女性との初めてのアバンチュールの大失敗。ストラットフォードで出会った女子学生と意気投合して、ロンドンで待ち合わせをしたのはよかったが、うっかりお国言葉が出てしまい、恋はご破算になる。この女性は後にエリート官僚になったそうだから、今頃自分の政治ファイルをめくっているかもしれない……、という彼の想像は、意趣返しとはいえ、なかなか愉しい。

自分が所属していた左翼団体について語るときも、一筋縄ではいかない。老人や障碍者のための「給食宅配サービス」の車の運転手になったり、社会主義関係の新聞を販売したり、警察の目を盗んで政治集会の宣伝ビラを貼ったり……、これらの政治活動がドタバタ喜劇のように語られている。しかし、ふざけた口調の中にも、彼が行動する思想家であり、おそらく今の彼から見れば少し気恥ずかしいくらいの、純粋で直情な左翼青年だったことが感じ取れる。

教え子の自殺を語るときも、このような口調は変わらないが、この口調で可能なかぎりの哀惜の念が見え隠れしている。そこで出会った故人の近親者とのちぐはぐなやりとり、身内の青年の早すぎる死に対してさえ、無頓着で無関心な上流人士の態度には、なんともやりきれないものを感じた。ここには、上流階級と下層階級、下層から中流に成り上がった者（彼自身）との三者の微妙な関係が巧みに描かれていて、さながら一篇の短編小説を読むようだ。

この伝記に一つ難癖をつけるとすれば、それは二〇〇一年（原著の出版年）の時点で、英文学研究者の現状について、ずいぶん暢気なことを言っているところである。イーグルトンは貧しい出自ゆえに、好きなことをやって生計を立てることに対する罪悪感を今でも拭うことができないと告白した後で、こう述べる。

〈いつの日か、誰かが私たち文学研究者のことをたれ込んで（中略）、私たちがじつは詩や小説を読んでいるだけで給料を支払われているという事実に役人か何かの関心を向けさせることはまちがいない。〉いつの日か？　さすがのイーグルトンも、すべてをお見とおしではないらしい。

二〇〇一年までに、イギリスでは英文学教育の再編成が行なわれた（その事情はロバート・イーグルストンの『「英文学」とは何か』（研究社、二〇〇三年。原書の初版は二〇〇〇年）に詳しい）のだし、それと必ずしも連動するわけではないが、文学を専門とする語学教師の待遇の激変が起こったのは、けっして日本だけではないはずなのだが。彼はアメリカのモルモン教徒の学生や、解放改革前の北京の学生を教えるという異文化体験について面白く語っているが、文学研究者の受難という新しい文化状況もぜひ体験して、同様に語ってほしかった。

以上のように、ウィットに富むばかりでなく、行動する思想家イーグルトンから見れば、「私もラディカルです」などとはおよそ言えそうにない。せいぜい、「第二章」で痛烈に批判されている感傷的なリベラルにすぎない、と思っていたところ、こんな言葉に出会った。

〈急進主義者は、この世界に、とにもかくにも、「これでいい」と思う人が存在するという驚きを克服できない人間だ。なかなか納得しにくいが、自由主義者や保守主義者のタイプは、いま見えている物が今後、手に入れることのできる、ほぼすべてだと想像している。〉

この言葉には大いに励まされた。なぜなら、ちょうどその頃、ある研究発表を聴講したあとで、なんとも説明できない苛立ちに悩まされていたからだ。その発表は、ジェンダーの視点に基づく日本と外国の就労意識の比較研究というものだった。

私とて、ジェンダー平等を信じていなくても、ジェンダー研究はできるということを知っている。また、統計というものは、巧みに調査項目を設定することで、いくらでも操作できるということも、十分に承知している。そのうえで、その発表に対して、なぜいらだつのか判然としなかったのである。その苛立ちの正体がイーグルトンの言葉でいっきに氷解した。

最新のアプローチによる研究の結論が、結局、現状追認でしかないことに対して、私は一種のパニック状態に陥っていたのだ。少なくとも、この〈驚きを克服できない〉という点に関しては、私も立派に「ラディカル」であるらしい。イーグルトンはつづけて言う。

〈これにたいして、極左の誤ち《（ママ）》は、革命の後に、すべてが違ったものになると、私有財産制と同様に紙ナフキンも廃止されるだろう、国民健康保険とともに歯ブラシも変革されると空想することである。これは幻想である。しかし、少なくともこの幻想は、現在が遠い過去とはめざましく違うように、未来が現在とは見違えるように変わる可能性を否定していない。〉

革命については、私は、革命を何千回やっても世界は変わらないと悟って、反体制活動家から映画監督に転身したイランのモフセン・マフマルバフに共感しているので、イーグルトンと必ずしも同じ立場にいるわけではない。しかし、「幻想」を信じている点では同じだ。そして中年を過ぎた今、このような幻想を持ち続けるにはかなりのエネルギーが必要だと自覚しているので、イーグルトンのこの言葉にパワーを分けてもらったような気がする。イーグルトンよ、ありがとう。お礼につたない短歌を一首。

　このまま世界は変わりはしないというひとに会うたびいつもひどく驚く　　大田美和

最後になるが、「あとがき」から本書の翻訳者である英文学研究者のご夫婦（滝沢雅彦、滝沢みち子両氏）の「協同」作業の楽しさと困難が読み取れるのもよかった。「共同」作業と言わず、「協同」作業と呼ぶところから、「あとがき」のみならず、本文の訳語を決めるうえでも同様の慎重な吟味が重ねられたことが想像できた。

＊註　テリー・イーグルトン『ゲートキーパー　イーグルトン半生を語る』大月書店、二〇〇四年

オルハン・パムクのノーベル文学賞受賞を喜ぶ

昨年（二〇〇六年）、一番嬉しかったニュースは、ひそかに愛読していたトルコの作家オルハン・パムクがノーベル文学賞を受賞したことだ。

「見事としか言いようがない。偽物ばかりが出回っているこの世界では、多くの人が文学の価値を信じることをやめようとしている。しかし、パムクは正真正銘の作家であり、本作は二十世紀が終わっても人々の脳裏に残るだろう」（『わたしの名は紅』の英訳出版当時の「オブザーバー」の書評）。

パムクは、ドストエフスキー、プルースト、カフカ等が達成した小説技巧を駆使しながら、多様なイスラム社会を描き、東西の文化の問題や、他者の理解という今日的な問いかけをしている。文学を読む喜びを与えてくれるが、けっして読みやすくはない。

やはり、去年、日本では、アーザル・ナフィーシーの『テヘランでロリータを読む』がもてはやされた。『テヘランで――』は一読の価値がある。イランの学生がサイードを引用して、「マンスフィールド・パーク」は帝国主義的だと糾弾する場面にはぞっとするが、イランの悪いイメージを補強こそすれ、覆しはしない小説が売れる意味を、私たちはもっと考える必要があるだろう。

パムクの小説『雪』のイスラム過激派のリーダーは、親子とは知らずに戦場で一騎打ちをする「ルステムとスフラブの物語」（平家物語のような絵巻物の美しさ！）を語り、こう述べる。

「一時はタブリーズからイスタンブルまで、ボスニアからトラブゾンまで、何百万人もの人間がこの物語を覚えていた。人々はそれを思い出しては人生の意味を理解するのだった。今日、オイディプスの父親殺しを、マクベスの王位と死の妄念を考えるように。しかし今日では、西洋崇拝のせいで誰もがこの物語を忘れた」

「人間はこの物語があまりにも美しいからといって、人を殺すか？　考えてみろ」という問いかけが、物語なき世を生きる胸にひびく。

Ⅳ　表現へ

狼涙三十回忌法要と記念の講演の印象

今年の狼涙忌は、前日に煌々たる満月と土砂降りの雨が交互に訪れるという奇妙な一日の後、梅雨明けを思わせるような青空と暑さの日となった。池袋の繁華街から一歩、中道に入ると、鬼子母神を初めとする落ち着いた寺町の佇まいが現われる。狼涙忌に参加するようになって、まだ二回目なのに、法明寺の山門をくぐり、境内に入って、離れの座敷まで来ると、何度も訪れている知人の客間に、またお邪魔したようななつかしさを感じた。私にとって井上有一は、母が子どもの頃、「のびのび書いていて、大変よろしい」とほめられたことを生涯の思い出にしているという縁でつながっている。

お座敷で、最中とお茶をご馳走になり、本堂の法要の準備ができて移動する。廊下の長押に飾られた、著名人による絵馬と日蓮の生涯の絵が見られるのも、ここに来る楽しみの一つだ。信心はなくても、歴史と伝統の前に謙虚になる。

本堂には有一の「舟」の書があり、読経と焼香が行なわれる。美しい声明と南無妙法蓮華経に、有一があちら側の世界で自在に遊んでいることは確実と思われ、安心できたので、私一人の思いとして、先ごろ報道された事件の犠牲者である幼児の魂があちら側に渡れるように、と密かに手を合わせた。

法要の後、庭に出て、有一の字を彫った幽顕の塔の前で記念撮影し、今度は記念講演を聴くために座敷に戻る。座敷の廊下に面した中庭の左手には石榴《ざくろ》の木が花盛りである。右手の梅の木の青梅を見て、「こどもの頃、私だけは、食べてもどうともなかった」と海上和子氏がおっしゃった。剛毅なところは、お父上譲りのようだ。

座敷には井上有一の父母の書と似顔絵の掛軸がある。愛煙家の母君の「タバコハウマイ」の字がとてもいい。有一の「くびがもげました。もげたらもげたでいいじゃないか」と、「一三さん死にました」の横長の書も架けられている。

今年の講演は、書家の山本尚志氏の「カタログレゾネ編集の頃」。東京学芸大学の書道科の学生であったとき、展覧会で井上有一の書と出会い、画廊ウナックサロンで見た八十万円の「夢」がどうしてもほしくなって、広島の親に電話して「中古車でも買ってやったと思って」と拝み倒して送金してもらい、手に入れたという。

その後、ウナックサロンから電話があって、「有一の書に通じると思われる画集を池袋のアールヴィヴァンで買ってくるように」と、お使いを頼まれる。画集一冊の値段を知らず、買いすぎて叱られて、返しに行くはめになるが、この「お使い」という形の試験に山本青年はどうやら合格したらしく、カタログレゾネにつながる大仕事の入口に立つことになる。

小諸の酒造家の好意で、冬には杜氏が泊まるような部屋に泊めてもらい、合計百名ほどの学生を動員して、井上有一の三千余りの書を裏貼りして、一つずつ掲げては写真に撮り、日記などを手掛かりにして制作年を決定し、番号を振り、分類するという作業を行なった。デジカメ以前のやり直しのきかない仕事である。これがカタログレゾネの基本となった。裏貼作業はやはり素人仕事だったので、その後やり直したと当時を知る伊藤時雄氏の言である。この時の作業のおかげで、山本氏は今でも、「これはいつ頃のものでしょうか」というウナックサロンからの問い合わせに、すぐ答えることができるという。

このあと、海上雅臣氏のお話をうかがった。「山本さんは、私に「覚えていらっしゃいますでしょうか」といちいち確認しながら話を進めておられたが、私は細かいことはいっさい覚えていない」という。小諸には二人の酒造家がいて、海上さんの追分の別荘まで酒を持参しては、小諸に文化のないことを嘆いていたこと。山本氏以下百名の学生を泊めてくれた酒造家は、その後、細君が隠居と謀って店を乗っ取り、怒った主人は蒸発したという後日談まで披露された。

「くびがもげました」の書は、勅使河原蒼風が「今日は買いますよ」と展示場に現われたが、「これは買えないなあ」と言った書だとのことである。「もげたらもげたでいいじゃないか」と続くのは、筆のくびだけ持って書いたからだという。そして、「このくびは人間の頸ではなくて、筆の柄の部分が取れたことを指しているのだが、蒼風は人間の頸と思ったようだ」と。花にも頸はあり、頸のもげた花を水盤に浮かべるような生け方もあるのに、とは私の勝手な感想である。

海上さんは最近、ニューヨークの画廊が有一の書につけた値段が今までの日本の値段をはるかに越えるものになり、有一の世界的評価がますます高まっていることや、中国でのカタログレゾネ出版の経緯、来年（二〇一五年）開かれる予定の北京での有一展への期待も語られた。有一は日本を飛び出してどこまで行くのか、とても楽しみだ。

四年前、研究休暇をもらってケンブリッジに半年滞在したとき、精神が自由になって、初めて実力以上のものが出せるということを身にしみて悟った。しかし、生業が国内にある以上、しょっちゅう国外に飛び出すわけにはいかないので、どうしたらより自由な精神を瞬時に獲得できるかが、私のその後の課題となった。

愉快、痛快、呵々大笑の海上さんのいらっしゃる空間で、自由な空気をともに吸うことのできるひとときは、そんな精神を獲得できる貴重なひとときだ。有一の書があり、有一を愛する人々とともに海上さんのお話が聞ける空間の空気の旨さを、たっぷり吸い込んだ午後だった。

クラウディアに寄す

二人して、無言のまま建物の外に出た。顔を見合わせてすぐに、二人ともあの絵がほしいという思いで一致していることがわかった。あの絵がまだ誰のものにもなっていないことが信じられなかった。すぐにウナックサロンに戻り、もう一度、じっくりと絵を見せてもらった。ほかでもないこの絵がほしいという思いに変わりはなかった。気まぐれな一時の思いつきではなかった。クラウディア・シュピールマンの作品は、こうして私の家にやってきた。

私はそれまで、現代美術や現代音楽が嫌いなわけではなかったが、得意なわけでもなく、どちらかと言えば、それは哲学的抽象的な思考を好む、連れ合いの江田浩司の得意分野であるように思い込んでいた。だから、ウナックサロンに絵を見に行くときも、私はほかの時とは違って、一緒に見に行くというよりは、連れ合いのお伴をするというような感じで従った。しかし、今回は違った。サロンに入って、絵を見始めて、すぐに心に響くものがあった。

クラウディアの絵は一つの達成だと思う。ゴールという意味の達成ではなく、井上有一と出会い、有一という巨大な先達に呑み込まれそうになりながら、苦悩し、格闘し、ついに自分自身の表現を見出した、という意味で、達成なのだ。

この達成に到る軌跡は、天作会の図録に見ることができる。第二回天作会の図録では、Dreamと題された作品が毛筆で書かれた漢字の曲線に似た形象を示していることを除けば、有一の書や東洋の芸術からの影響というよりは、東洋の芸術にも影響を受けた二十世紀の欧米の前衛芸術家たちの影響が見られる。

第三回では、第二回とは打って変わって、ドイツの劇場でコスチュームデザインを担当していた経歴を生かしたような、色彩の配合と形象がある。第四回では、ふたたび漢字のアンバランスな形と色の実験が行なわれている。第五回で初めて、今回私が購入した作品に見られるような動きと躍動感が出てくる。

私も人生の半ばを過ぎて、自分より前を歩き、見事な生を全うしようとしている年長者を手本として求める気持とは別に、自分と同じぐらいの年齢の人が、どのように仕事を続け、今何をしているかということが気になるようになった。奇しくも、クラウディアは私より一歳年上だ。人の成長や経験は人それぞれだから、年齢が近いとか、同性だと言っても、ほとんどの場合、共通点はそれだけということも多いが、クラウディアの絵を見て、私と同じように真剣に生きてきた人が、私と同じように一つ一つ石を積み上げてきて——純粋な芸術の石や、糊口のための石や、自分や、自分の大切な人を守るための石を積み上げてきて、今、一つの達成にたどりついたと直感的に思った。

この人がこれから先どこへ行くかを見届けたいと思ったのも、クラウディアの絵を購入した動機である。画家の中には、一定の評価を得たことに満足して、そこで止まってしまう人も少なくないが、クラウディアはそうではない。そう考えて、私はクラウディアの未来に投資した。

画廊で絵を初めて買ったのは十五年ほど前のことである。その時は、自分がとうとう絵を描かなくなり、絵を描く人ではなくて、絵を買う人になったことが、なんだかとても淋しかった。幸い、絵を描かなくなった後も、絵を描いていたときの無心の喜びの記憶は残っていて、これはという絵に出会ったときは、あの無心の喜びにつながるような喜びが私の心を波立たせる。

私が一生をかけている、言葉を紡ぎ出す仕事にも、むろん喜びはあるが、絵を描くときの無心の喜びにはとうていかなわない。絵を見るとき、絵に向き合うとき、その無心の喜びがよみがえる。その喜びは、強いて表現するならば、この絵の前で踊りたいとか、この絵を抱きしめたいとか、この絵と同衾したいとかいう生の衝動、エロスに関わる思いである——。こうして文字にすると、絵に較べて、言葉とはなんと不自由なものなのかとため息が出る。

その不自由な言葉で、わが家にやってきたクラウディアの絵の印象を述べてみよう。

この絵は、絵そのものが静かに踊っている。前景で静かに身をくねらせて踊っているのは、箒のように太い筆なのか、その筆で書いた文字なのか、それとも注連縄のように編んだ縄、少女の長い黒髪の束なのか。それは蛇であり、龍であり、しかも、今あげたもののどれでもない。

外枠に漂う桃色は、暁であり、夢である。画面全体に見事な計算のうえに自然に飛び散っている深紅の染みは、血であり、経血であり、花びらである。血の染みが通常は喚起する暴力や死の衝動がここにはない。うっとりとした白昼夢、オートエロティックな快感が伝わってくる。

閉ざされた夢ではなくて、開かれた夢であり、見るものも心を開いて、この絵に向き合うことができる。面白いことに、この絵は踊っているにもかかわらず、踊りの伴奏となる音楽は聞こえない。なぜなら、音楽がなくても踊れるからだ。踊りそのものが音楽になり、あなたは私になる。

Ewige Freude（永遠の喜び）。

Ouma展　見るたびに元気がわくアート

「Ouma展」――「五度目の大絶滅の後」。最初はオープニングの翌日の日曜日、連れ合いの江田浩司と訪問した。ウナックサロンの右側の壁面一杯に、〝World II〟(ミクストメディア)という作品がある。カンバス地に、渦巻き状の細胞のようなものが色とりどりに描かれている絵である。よく見ると、制作中に偶然くっついた絵の具の塊や、羽毛などの異物がそのまま残されている。細胞と言うより、私は「リゾーム」と呼びたいような気もした。

超越的「一者」＝幹を中心とし、原則的に二項対立で進行する「永遠に同一的な有機組織」ではなく、「中心を持たず異質な線が交錯し合い、多様な流れが方向を変えて延びていく網状組織」(ドゥルーズ)である。この絵は、好きなところを切り取って、三グラム三三三円で買うことができるという、参加型のアートだ。

江田は、それを聞くと、ハサミを借りて、喜んで脚立に乗ったが、昨日の来訪者が切っているうちに、どんどん大きくなってしまい、五千円以上のお買い上げになったと知って、しばらく迷っていた。そのうちに、絵の上方部分をざくざくとハサミで切り取った。

私がその画像をFacebookにアップしたら、友だちからすぐに、「いいね」という反応が返ってきた。「夫婦仲良く美術鑑賞なんていいね」という意味であり、「アーティストみたいでカッコいいね」という意味でもあっただろう。おそらく、参加させてもらっているというよりは、「制作中」に見えるところが共感を呼んだのだと思う。

一週間後、個展が終わる前にもう一度見たくて、ウナック・サロンを一人で再訪した。饒舌な連れがいないので、ほんとうはしばらくその空間に無言で、ゆっくり浸っていたかったのだが、その日は会場近くで別の用事があったため、用事の前後に、昼過ぎと夕方、一人で訪問した。

そして、思ったことは、「Ouma 展」に来るたびに、疲れが取れて元気になるのはなぜだろう、ということだった。癒された、という表現では足りない。見ると元気が出る、というのとも違う。見るたびに、なぜか元気が湧いてくるのである。それを言い表わす言葉を探してみたくなった。

この人のアートは「癒し」の効果があるとか、展示会場の中心に吊されたインスタレーションの〝Death〟は「生と死の往還」で「胎生感覚」が呼び覚まされる、といった手垢のついた言葉ではなく、このアートとまっすぐ向きあうための言葉がほしいと思った。手持ちの言葉で足りるかどうかわからないが、表現してみよう。

今回の展示は、〝World II〟のほかに、ペン画〝continuity〟、〝universality〟、〝mobility〟、〝contingency〟、切り絵〝interaction〟、タイルにインクジェットプリンターの青インクで印刷した〝translation〟があったが、言葉をつくして描写してみたいのは、〝World II〟よりも、むしろインスタレーション〝Death〟である。

〝Death〟は、これまでの作品を継ぎ合わせ、つなぎ合わせて、天井から吊したものだ。部屋の中心に置かれているため、最初は壁面に貼られた〝World II〟の鑑賞の邪魔になっているようにも見える。

外側から見える姿は、不気味な怪物、異物のような印象がある。その物の入口から恐る恐る中に入ると、意外にもそこが、安心して滞在できる狭い空間だとわかる。和紙でできているせいか、狭くても閉塞感がない。塗りつぶしたりした絵や、模様を描いたりした紙が貼り合わせてあるから、外側の光が漏れるところはわずかなのだが、暗さから来る不安もない。この安心感はおそらく、その空間が直線でできているのではなく、乳房か腹のような形を連想させる、不規則な出っ張りがある曲線からできているからだろう。

どんな曲線にするかは、作者が正確に図ったものではなく、天井から釣り下ろした糸の位置と長さからなる偶然の産物のようだ。わずかな光が漏れ入る部分は、プラネタリウムの星座のように見えなくもない。黒いレースが貼ってあるところもある。和紙にペンで書いた絵や模様が透かし模様のようだ。そこから外の明かりや、色がうっすらと見える。〝World II〟がある側は、その絵の明るい色がほんのり射し込んでいるようでもある。

黒いレースから、私の頭は個人的な思いに流れ出す。イギリスの作家ジョージ・エリオットの小説『ダニエル・デロンダ』（一八七六年）の母子再会の場面だ。一世を風靡した歌姫が喉の不調のために引退し、公爵夫人となるが、不治の病にかかり、自分の野心の達成のために赤ん坊のとき手放した息子ダニエルを、イギリスからヴェニスに呼び出して会い、出自の秘密を告げる場面である。

長編小説のたった数章の出来事なのに、このかつての歌姫は、小説の読者の心を鷲摑みにしてしまう。演技としてしか愛を感じることができないのが自分の欠点かもしれないと語りつつ、そのことを悔いる様子を見せない、堂々たる歌姫が身に着けていた黒いレース……。

私は〝Death〟の中に何度も入って、レースや模様の隙間から漏れ入る光によって、中から見える風景をガラケーで撮影していたが、ふと思いついて、足下を撮ってみると、これが案外、面白い色と形の写真になった。これって、もしかして私が気づいていなかっただけで、この空間に入った別の人、とくに背の低い子どもが見ていた風景なのではないか?

そんなことをOumaさんに話してみると、はたして、これまでに、しゃがみこんでいた子どもがいたことや、車椅子の来訪者があったことを知った。そして、その人たちの脳裡には、私の脳裡に映った『ダニエル・デロンダ』の映像と異なるものが浮かんだだろうと思った。別の時間にここに来た見知らぬ誰かと、思いがけない形で交流することができたのだ。

こういう交流は、じつはOumaさんには計算ずみであったようだ。広い横長のカンバス地に描かれた〝World II〟は、最初は絵の曲線に合わせるように円形に切り取る人が多かったが、しだいに自由に、気まぐれな切り込みだけ入れる人や、自分の好きな形に切り取る人が出てきた。自分より前にこの絵に向き合った誰かの行動に触発されて、次の誰かが思い切って、次のステップを踏む。鯉幟のようにうろこ状に切り込みを入れたり、ぶらんと下がった象の鼻にも女性の脚にも男性器にも見える形を切り取ったり……、そのような交流の在り方をOumaさんは「足跡を残す」と言った。
「足跡」と言えば、今や何をおいても、インターネット上の「足跡」が連想されてしまうが、この「足跡」は、インターネット時代以前の、砂浜についた足跡のように、足跡を見た人が「え、誰の足跡？　何を考えていたの？」とか、壁の落書きを見て、「え、誰がなんで、こんなことを描いたの？」「もしかしたら、その人はこんなふうに考えたのかもしれないな」と想像力を働かせることによって、自由に楽しんで、「私はこうじゃないかなって思ったんだけど、あなたはどう思う？」と、また別の知らない誰かに手渡して、作品を楽しみ、作品と遊ぶ喜びを共有していく。応答は、作り手と受け手だけではなく、受け手同士の間でも成立するのだ。

帰る前に、お土産にストラップを買った。可愛らしい目玉のような物がついたいろいろな色のストラップは、すべてペアで製作されたが、ここには片割れしか置いていない。もう片方のストラップは、Ouma さんが友人に託して、世界のあちこちの人に手渡されているという。「これと同じものを、この地球上の誰か知らない人が持っている」という思いが手渡される。その人は、食べるのにも困っている人かもしれないし、アートになど関心のない人かもしれないし、実際に出会っていたら、第一印象が悪くて友だちにならなかった人かもしれない。

そのような思い込みや、意志によって決定される現実社会の出会いとは異なる出会い。実際には出会わないのだから、出会いとも呼べない出会いが、アーティストの遊び心によって、奇跡的に、瞬間的に成立することに、アーティストと同じように、ドキドキした思いを味わうこと、生きるということは、ほんとうはそういうドキドキの連続なのだということを思い出させてくれる。だから、Ouma のアートを見ると、そのたびに元気になれるのかもしれない。

壬子硯堂訪問記

数年前、海上雅臣さんに「追分に遊びにいらっしゃい」と言われて小躍りしたが、都合がつかなかったことがある。一度お断りしたら、次の機会はもうないかと思っていたが、海上雅臣さんはそのような心の狭い方ではなかった。

八月末（二〇一七年）に、富山で短歌結社「未来」の全国大会があり、「帰りに新幹線を軽井沢で降りれば追分に行かれるね」と連れ合いの江田浩司と話した。恐る恐る海上さんに電話してみたら、即座に「どうぞ、お越し下さい」と言われた。「番地は何番でしょうか」とお尋ねすると、「松葉タクシーに乗って、海上雅臣さんのお宅と言えば着きます。松葉タクシーですよ。」と言われた。外国からの訪問客も、みな、そのようにして迷わずに到着するようだった。

夜、すこし寒いぐらいの軽井沢駅に降り立つと、北口はタクシー乗り場が見えないほど普通車があふれていた。その向こうを、頼みの綱の松葉タクシーが悠々と客を乗せずに去って行くのが見えた。しばし呆然とする。

南口ならいるかもしれないと行ってみると、浅間タクシー一台しかいない。海上さんの別荘わかりますかと聞いても、わからないという。海上さんに電話し、松葉タクシーの電話番号を教わった。電話すると、三、四十分しないと行かれないという。そこで、浅間タクシーの運転手に海上さんと直接電話で話してもらい、追分に向かうことになった。目印の信号まで迷わず到達した後、川を渡って……、と言っても、暗い中、ガードレールは見えるが、これが川だろうかと迷っていると、前方に海上芽女《めめ》さんが迎えに出て来られ、続いて海上さんも現われて、安堵した。

約束した時間よりも一時間以上遅い到着になってしまい、急いで閉店時間間際の「レストランNORO 野の風工房」に海上さんの運転で向かう。

ここは、海上さんが毎日のように通っている大きなログハウスのイタリアン・レストランだ。まず、香り高いエルダーフラワーの甘いカクテルで乾杯した。私たち夫婦と芽女さんは冷たい玉蜀黍のポタージュを、海上さんは温かい冬瓜のスープを飲んだ。メインはポークソテーで、ソースは海上さんの好きなブルーベリーのソース。美味しかった。

マダムに冬も営業するのかと尋ねると、クリスマス・パーティの後は春まで閉めるという。それを聞いて、海上さんが「冬の間も毎日来ていると思っていた」と言ったので、海上さんは冬の間は冬眠していて、この店が閉まっていることをご存じないのだろうか……。今の季節からは想像もつかない雪に閉ざされた追分の冬を想像した。

食事が終わって、海上さんの別荘である、今では住居となっている壬子硯堂にお邪魔する。玄関にはフェッツィーニの踊る女性像など、名だたる名品の中に、海上さんの曾孫の女の子が書いたという葉書が何枚も重なって飾られていた。

百人一首などの名歌や名句を書いて、それに合わせたイラストを描いている。海上さんが「この子はどんなふうになるんだろう」とおっしゃる言葉には、曾孫をいとおしむ愛情が表われている。同時に、小さな若い才能が自然に伸びていくのを静かに見守る心も見えた。葉書の文字からは一生懸命物事に取り組んでいる心映えがうかがわれて、「一生懸命頑張ります」と毎年、年賀状に書いていた自分の子供時代を思い出した。

玄関を上がってすぐの長押《なげし》の上に、バイルレの描いた「海上雅臣氏肖像」と、「ゲーテの肖像」が並んで飾られている。

過去未来春夏秋冬映し出すバイルレの海上雅臣氏肖像　大田美和

バイルレにかかればゲーテはつまらなき官吏にしかず嗚呼愉快なり　同

「書院」と呼ばれる細長い部屋に招じ入れられた。長い床の間の一画に、両親の写真が飾られている。床の間の書は、井上有一の長い書簡を軸装にしたものである。書斎は別室にあるが、この書院もまた、現在仕事中といった趣に見える美と生活の空間だ。天作会で強い印象を残した中国の書家、一了もここに来て泊まったという。

谷崎潤一郎が戯れに書いた短冊や、軸箱から取り出された藤原良経の豆色紙を見せていただいたり、これまでに交流のあった文人や画家たちとのエピソードをうかがったり、話は尽きず、私たちももっと若ければ夜を徹してお聞きしたいようなひとときだったが、夜も更けてきたので、お暇した。

「この書院で休みますか、それとも離れに移築した白井晟一の家にしますか」と選択肢を示され、どちらにしたものか、一瞬、迷った。海上さんもお疲れだろうと思い、またかねてより話にお聞きしていた白井邸を一夜体験できる喜びに、離れを選んだ。江古田に建てられた当初、白井家の家族四人が住んだときにはトイレがなかったということで有名な家である。毎朝、家族で並んで、おまるを下水に空けに出たとか、取材の記者が来るたびに隣家にトイレを借りにゆくので、隣家が迷惑したなど、海上さんが目に見えるように語ってくれたので、大笑いしてしまった。

離れに向かう前に、加賀家の持ち物であったという円山応挙の春画帖を見せていただいた。加賀百万石ならではの贅沢な絹地に岩絵具を用いたもので、男女の姿や顔かたちは、かくこそあれという理想的な美しいものである一方、挿入し挿入される局所はリアルな美しさに描かれていて、そのみごとな対照を興味深く拝見した。いやらしい感じはなく、生きている人間の生まな美しさが感じられて、リアルであった。ほんとうの贅沢というのはこういうことだろう。

巨万の富を持つことを誇る人は、このようなことにお金を使ってほしいものだと話していると、海上さんは玄関の間の壁のスクリーンをスルスルとあげて、この応挙を現代版の画用紙に鉛筆で素描再現した坂井眞理子さんの絵も見せてくださった。

白井晟一旧宅、「正法滴々軒」に旅装を解いた。

リビングには白井晟一氏の写真と、白井氏の書「眼蔵」の額が並んで飾られている。白井氏の哲学者然とした風貌と、こちらをじっと見つめるような「正法眼蔵」の「眼蔵」の文字、この書はもともと書院に置いていたのだが、安眠が妨げられるので、「どうぞ、そちらでお眠りください」と離れに移したという。
テーブルにはエミール・ガレのランプがある。壬子硯堂がいま現在の生活空間であるとすれば、こちらは芽女さんのグランドピアノがあり、子ども時代のおもちゃや、家族が使ったものが眠っている、過去めいた生活空間である。ゆったり檜風呂に浸かった後、大人が眠るにはやや丈《たけ》のつまった二段ベッドに横になった。

鎮座まします「眼蔵」の書の炯炯とそこで眠れと掛けられし額　大田美和
檜風呂深く大きく湯を張りて丸くほぐされるからだとこころ　同
黒大蟻おとなしく膝に上り来る　生きているこの家のたましい　同

翌朝、壬子硯堂の玄関で呼び鈴代わりの銅鑼を鳴らしたが、返事がない。すこし早すぎたかなと思っていたら、車が戻り、大きな白菜と大根を提げて、運転席から海上さんが降りてきた。ご挨拶して近所をぐるりと散歩した後、庭を歩いてみる。庭の主人である枝垂桜は堂々たる古木だった。すでに秋の気配の漂う庭だったが、楓の葉はさすがにまだ青かった。

愛嬢を呼ぶ声聞こえ厨房の土鍋に炊かれ香る玄米　大田美和
栗ゆたかに実るゆたかに実らざるものなし海上朝臣の庭に　同

ありふれた美の連想を裏切りて堂々と髪なびかせて桜　　同

朝食の最中も話はつきなかった。草間彌生がアメリカから帰国してウナックに来た日のこと、詩人吉増剛造について、また私が自分の最近の作品を差し出すと、海上さんはすぐに丁寧に目を通してくださった。そして、富山市ガラス美術館で偶然見て感激したガラス芸術家アン・ヴォルフの作品の話を、私たちが興奮気味に話すのも、海上さんは嬉しそうに聞いてくださるのだった。茶室にも入らせていただいた。床の間には、海上夫人逝去を惜しんで一首短歌を書かれた堀口大學さんの掛け軸がある。掛け軸には、海上夫人の温かい笑顔がこの家に福を招くようにほほえんでいる。芽女さんはお母さんに似ていることに気がついた。

弟橘となりし海より引き上げられ家刀自眠る桜の苑に　　大田美和

朝食後、今回の軽井沢下車のもう一つの目的である、古美術「和《なごみ》」を訪問することにした。江田が参加した中国の旅の折り、興味深い短冊があると聞いて、いつか見せていただきたいと言っていたものだ。その短冊とは、好事家が生涯かけて集めた二百近くある短冊アルバムというようなもので、一部は別巻に解説を施されていた。

このようなものが存在することに驚いて、一枚ずつ楽しんで読み、この書はどうだろう、この歌はどうだろうと鑑賞した。これは、しかるべき文学館に寄託して特別展を開いてもいいような物ではないか、この解説では作家についての解説しかないので、歌や句や書体についての解説を作ってみたいとか、芸術作品の一つの消費の形態としてこの営為をどのように位置づけるかというような、いまどきの消費文化論ということでも論文が書けるような物だとか、今後の展開が期待された。

見る人に見られて物が喜ぶと古美術商女主人の喜び　大田美和
よき心すら残らざりけり　さはさあれ良き人に見られ物は喜ぶ　同

前夜、折口信夫（釋超空）の話が出たとき、海上さんが「思へどもなほあはれなり。死にゆけば、よき心すら残らざりけり」の歌のことをしみじみと語られたことが思い出された。それはまことに至言だが、古き良き物を通して、今は亡き人の心に出会うこともできるのだ。

帰宅後、海上さんが編集した『白井晟一　顧之居書帖』（ウナックトウキョウ、一九七八年）を広げて読んだ。白井晟一の書のすばらしさは言うまでもないが、海上さんの解説「白井晟一と顧之居昏元」によって、すでに故人となった白井晟一と出会い直すことができる、今読んでも新しい評論である。たとえば、「人の誇りをものともせぬ自恃の誇りが生じた恐れげないわらい」を笑うことのできる人物が、アートに関わる者の中にも、今どれほどいることであろうか。

私たち夫婦には、富山歌会と富山旅行の感慨がかき消されるほどの壬子硯堂訪問だったが、海上さんにはどうだっただろうか。ドライブの間も、追分や沓掛という地名のことなど、惜しげもなくお話を続けてくださって、別れ際に運転席のお顔を見ると、満たされた優しい笑顔だったことが忘れられない。

振り子時計見つめておれば振り子止まるこの思い出をとどめんがため　大田美和

韓国とアートを楽しむ

私にとって、今回のシンポジウムの第一部「韓国現代アートの世界」のポイントは三つある。一つ目は、「韓国にアートはある」。二つ目は「韓国アートは面白い」。三つ目は「国民国家の枠組みの中にアートを閉じ込めて考えるのはもったいない」。

「韓国にアートはある」と言うと、韓国文化を愛する人々から叱られるかもしれないが、日本で韓国旅行と言えば、食事、買い物、エステなど、気軽な消費行動が目的であることが多く、ソウルとその郊外に国立現代美術館が三館もあることはあまり知られていない。最も新しく、規模も大きい国立現代美術館ソウル館は景福宮の横にあり、近隣にはギャラリー現代などの画廊が並ぶ。ソウル館では常時、複数の特別展が開かれていて、一度に全部見るのは難しいぐらいだ。

ギフトショップでは、ポジャギや陶磁器といった伝統工芸品からポップなパスポートケースや栞まで、購買欲をくすぐる商品が並んでいる。私営の美術館では、たとえばサムソン美術館リウムは最新式のデジタルガイドに導かれて、白磁や青磁の名品と静かに対話できる空間が魅力的で、伝統文化と現代アートの関係性、伝統文化の中に奇跡のように生まれたモダニティといった問題を考えさせる展示は示唆に富む。

「韓国アートは面白い」ということは、今回のゲストの徐京植《ソキョンシク》の著書『越境画廊——私の朝鮮美術巡礼』（論創社、二〇一五年）を読めば、すぐわかる。「光州事件」の芸術的表現という困難に真摯に取り組むシン・ギョンホ、四十歳を過ぎて画家となり、〈女〉の経験を強烈な形で表現するユン・ソンナム、普通の人々との対話から社会学者やジャーナリストとは異なる、アーティストならではの視点をさりげなく提示するヂョン・ヨンドゥ、TVドラマ『風の絵師』の天才画家シン・ユンボク、国際養子として二歳でベルギーに送られて、あらゆる差異の境界線上にいる意味を問いかけるミヒ＝ナタリー・ルモワンヌ、「北」に行ったために韓国での評価が遅れたイ・クェデとチョー・リャンギュ、日本の妻子に会えない孤独と貧窮生活の中で微笑をたたえた人々の絵と、愛情あふれる絵手紙を残したイ・ジュンソプ。これに、「奪われた野にも春は来るか」展で日本各地を巡回している写真家チョン・ジュハも加えたい。

三つ目の「国民国家の枠組みを超えるアート」は、『越境画廊』の基本理念でもある。徐京植のインタビューに答えるアーティストたちが、自分自身のアートとの向き合い方と、人が他者と出会い、自由に対話する契機としてのアートということを、それぞれの言葉で語っている。思えば、昨年（二〇一五年）十一月、合同企画展「武蔵美×朝鮮大　突然、目の前がひらけて」の期間中に入場許可された朝鮮大学校の博物館では、白虎や朱雀などの石室壁画が、古代の東アジア世界では人も心も自由に行き来していたというあたりまえのことを教えてくれた。

ご来場の皆さんには、現代アートは難しくて解説が必要だという思い込みをまず捨ててほしい。アートは楽しむためにある。必要な前提は、現代アートは現代を生きる私たちの意識の連続線上にあって、ともに楽しみ、ともに考えることを求めているということだけだ。さあ、国境や言葉という境界を越えて、自由な自分を取り戻すために、現代アートの世界で遊びましょう。

もっと自由に　Ouma個展「劣る者の楽園」を見て

九月五日。私は韓国仁川ディアスポラ映画祭から帰国したばかりだったが、Ouma個展なら見逃せないと思って、連れ合いを誘ってオープニングに駆けつけた。案内状の最後に、「本展では「優秀な方」のご入場は固くお断りいたします」とあったので、入口に嘘発見器でも置いてあるのだろうかと思ったが、細胞アーティストOumaがそんな無粋なことをするはずもなかった。

展示された作品を見るうちにそんなことも忘れてしまったが、ひととおり見た後で、あの断り書きは何だったのだろうと思い出して尋ねてみると、インスタレーションの材料である端切れは、すべてサンプルで、普通ならサンプルの役目を終えたら廃棄されるものを引き取ったのだという。膨大な食品廃棄の問題はテレビなどの報道で見慣れているが、端切れを集めるのが趣味だとか、パッチワークが大好きという人は少なくないはずなのに、布地のサンプルが簡単に捨てられているとは知らず、驚いた。それが現代社会というものなのだということに、無意識にならされていることを思い知らされた。

前回の展示と同じく、部屋の中心には、パッチワークで作られたインスタレーションが吊り下げられている。観覧者には、ところどころに付けられた紐をちょっと引っ張ってみたり、中に入ってみたりする自由が与えられている。前回は黒づくめの、死のような、子宮のような塊として存在していた。それが、今回は祝祭のように楽しく明るい色の物体になっていて、これをロングスカートにして村祭りの踊りに出かけたいなあ、と思うような愉快な印象を与えられた。よもや、この物体が「劣」のラベルをつけられた廃棄寸前のものの集積とは、夢にも思わなかった。
会場でそっと耳をすますと、観覧者の心からさまざまな声が聞こえてくるような気がした。それを短歌にしてみよう。

美人とか美人じゃないとかぬばたまの夜の廃校裏のかけっこ　大田美和
束になってかかって来いと言ったのに埋もれて気絶したセンセイは　同
楽園行きのチケットのない僕のため画鋲を撒いてバスを待ってる　同
耳すます　言葉は通じないけれどあなたと同じ胸の鼓動は　同
スカートの形のタイムマシンだと信じる人は紐をつかんで　同

「優劣の基準って何？　誰が決めるの？」「優劣のラベルを張る権利を持っている人に、「劣」のラベルを張られたものたちが連帯して攻撃をしかけたら、どうなるのかな？」「優の楽園にも劣の楽園にも、自分は入れてもらえそうもなくて、途方に暮れちゃうよ」「この切り紙の絵、ドクンドクンと血の流れる音が聞こえてくるようで、好きだな」「Oumaって、このタイムマシンに乗って二百年後の世界からやってきたのかな？」——そのような声が聞こえたような気がした。

Oumaさんがアーティスト・イン・レジデンスの制度を利用して、今年の一月から五か月間に、スペインのバルセロナ、ロシアのクロンシュタットというかつての要塞都市、ドイツのホーエンシュタイン村で、次々にアーティスト・イン・レジデンスとして過ごされたと聞いて、嬉しかった。

五、六年前にライター・イン・レジデンスの制度に英国で初めて出会ったときに、私はなぜ若い頃、筆一本で頑張ろうと思わなかったんだろうと頭を掻きむしったことを思い出す。アーティスト・イン・レジデンスや、ライター・イン・レジデンスの制度は、地域振興などの目的や期待はあるものの、基本的にはアーティストや、ライターに一定期間住む場所を提供して、その才能を存分に開花させてあげたいという善意から成り立っている。

地域の行事に関わることが義務の場合もあれば、創作活動に専念するだけでいい場合もある。どの分野でも結果をすぐに求める現代社会の中では、貴重なゆとり、文化的な成熟を示す制度だ。日本でも、出身地や受賞歴や推薦者にこだわらず、応募作そのもので競わせるという形のアーティスト・イン・レジデンスの制度が、もっと広まってほしいと思う。

このパッチワークのインスタレーションは、ウナックサロンでの展示が終わった後、新潟に移動するという。新潟で展示する時には、この角度で吊るしてほしいとか、この形になるように吊るしてくださいとか、指示を出すんですかと聞いてみると、ウナックサロンのような広い空間ではなく、ショーウィンドウのようなところに展示されるので、今回のゆったりと広がった形とはすこし違う形になるだろうということだった。

作ったご本人としては、それでいいんですか？　と聞きたくなったが、そういうことにこだわらないのがOumaなのだろう。Oumaは私がショルダーバッグに提げていた目玉の形のストラップ、前回の展覧会のときに買った、ペアで作られたはずのストラップの片割れに気づくと、とても喜んで、「写真に撮ってもいいですか」と聞いた。まるでアーティストらしくない。

私がつい最近、韓国で泊まった画廊の中のゲストハウスや、現代美術館のツリーハウスの写真をスマホで見せると、ほんとうに面白そうに見ている。私の作品だけ見てとか、自分の仕事にしか興味がないというような狭量さとは無縁なのだ。かといって、フツウの人というのとも違う。フワリと自然体で、アーティストなのである。さらに、タイムマシンに乗ってきた未来の人が「へえ、今の時代の人って、こういうものが好きなのかあ」と感心しているみたいな気配も感じられる。

考えてみれば、アーティストの類型などあるはずがないのに、この人はさすがアーティストだ、なんていう安易な言い方をしてしまうのが常人の哀しさだ。日々の生活の糧を得るために身体の自由は思うように得られなくても、心だけでも自由になるために、もっともっと現代アートで遊びたい。私はようやく最近になって、アートが好きなら、言葉が通じなくても、世界中どこでも行かれそうだということがわかってきて、アートを愛する人にも、アーティストにも、どんどん世界に出て行きましょうよ、と誘いたい気持ちになっている。Oumaさん、次の展示を待っています。今度は外国でOumaの作品を見てみたいなあ。

風と光と音楽　映画「静かなる情熱」のこと

脳は　空より広い
なぜって　二つを並べてごらん
脳が空を飲み込んでしまうから
楽々と「あなた」も一緒に

（エミリ・ディキンスン　１２６番より）

この映画を見るのに予備知識は要らない。詩人の話だということだけ知っていればいい。彼女の詩を心から愛する監督が、どのような音楽や会話や自然描写を使って、その詩の世界を見せてくれるかを楽しめばいい。

映画のところどころで、ディキンスンの詩が朗読される。主演女優の朗読は、ほかの朗読は当分は聞けない、と思うぐらい素晴らしい。詩が詩人の人生の解説になっていないのもいい。詩は風、光、音楽なのだから、詩を理解できなくてもかまわない。あとで思い出したら、ディキンスンの詩集を読んでみればいい。

エミリ・ディキンスン。変人としては有名でも、日常的な語彙と単純な形式で書かれた謎めいた詩の真価を、研究者が解き明かすのに時間がかかった。どの詩人にも似ていないので、フェミニスト批評が書き換える前のアメリカ文学史の伝統の中に入れることができなかった。

映画が始まって、すぐに十九世紀後半の米国ニュー・イングランドに投げ込まれた。宗教的権威に支配され、品格を保つことが重要視される世界は、重く、暗い。ジェイン・オースティン原作の映画のように、軽快なコスチューム・ドラマを期待した人は、逃げ出したくなるかもしれないが、ダンスやお茶の場面もあるし、絶妙なウィットや諷刺もある。

暗い夜の室内や、夏の庭は、女たちの美しさを際立たせるというよりは、そこに立つ慎ましい詩人の豊かな内面を表わしているようだ。ディキンスン家の人々は言葉のキャッチボールを楽しむ。それは、詩人がどのように自分の言葉を獲得し、研ぎ澄ませたかという問いに対する映画監督の答えであるように思われた。

「一日でも女になってみれば、女が奴隷であることがわかる」家父長制社会の中で、禁欲と貞淑を美徳として教えられたために、夫の愛撫や性交に恐怖と痛みしか感じない女たちと、妻に満足できない男たちが対比される。男のプライドが傷つけられると、女の劣等性に根拠を置く罵倒が詩の論評にさえ加えられる。

しかし、権力を持つ男たちも、魂の自由を持てるわけではない。家庭では子どもたちに自由な思考と発言を許した父親が、牧師や姉に叱責され、恭順を示す姿や、愛すべき兄が歪な欲望に耽る姿。死んで棺に納められるまでの峻厳な生の形。その中で、詩人のたまさかの微笑みと、つかのまの満たされた表情が忘れがたい。

率直さと崇高な理想のために、辛辣になるディキンスンは、周囲の人々を傷つけ、自らも傷つく。詩人とは、想念を言葉にする苦行を、人生の何よりも優先することを通して、誰もがほんとうは求めているはずの魂の自由を勝ち取った人なのだとわかる。平凡な女の生を謳歌しているように見える妹ヴィニーの言動の端々から、姉に対する敬愛の念がうかがわれた。

夜明け前に小さな机に向かうディキンスンの姿に、ジェイン・オースティンやエミリ・ブロンテなど、「自分だけの部屋」を心に持って奮闘した女性作家たちの姿が浮かんだ。鬱病に苦しむディキンスンの母親が青春の思い出を語る場面では、ジョン・ヒューストン監督の映画「ザ・デッド／「ダブリン市民」より」の、恋人に死別した哀しみを想起した。

エミリ・ディキンスンを知らなかった人には、詩に出会うきっかけとなり、知っていた人には新たな気持で詩に向かうきっかけを与えてくれる秀作である。

ようこそ麻呂マジックの世界へ

中村幸一著『ありふれた教授の毎日』を読む

『ありふれた教授の毎日』（作品社、二〇一七年）の目次には、各エッセイのタイトルが並んでいるが、じつにそっけない。「家から徒歩三分の」とか、「セヴンイレヴンの前に」といった具合で、これは住宅情報誌かと思うほどだ。「銀座ワシントン靴店へ」や、「伊東屋へ、モンブランの」というのもある。

どれも、文章の書き出しが、エッセイのタイトルになっているのだが、目次を眺めているうちに、とんでもないことに気がついた。これらのタイトルに「#」（ハッシュタグ）をつけてやれば、テレビの特集や、バラエティ番組に出てくる「SNS上で、いまトレンドの話題」にそっくりではないか。深謀遠慮とはこのことである。

著者は、こう言って失礼でなければ、有名大学教授という地位は持っていても、控えめが過ぎて、マスコミからも、歌壇からもほとんどオファーのない歌人である。人呼んで、「麻呂教授」（ブログ「麻呂の教授な日々」）と言う。社会の片隅で時流に乗らず、静かにマイペースで生きている人である。

そんな著者を、ビッグデータが大手を振って歩く、消費経済社会の表舞台に上げようと企んだのは、編集者なのだろうか、それとも？　肝心の著者は、この魂胆に気づいているのか、気になる。数の力で騒げば、どんなに、どうでもいい話題や、大したことのない作品でもビッグデータの仲間入り、商機ありの時代に投げ込まれた、麻呂教授の運命やいかに？　と心がざわめいた。

本書に掲載されたエッセイは、Ｔｗｉｔｔｅｒよりはすこし長いが、最長でも一ページと数行ぐらいの長さである。ほとんどのエッセイは、緩急よろしきを得た、手練れの文章である。最後の二行で、ささやかだが嬉しい発見や、人生の教訓や、大胆な提案や、クスリと笑わせる一言があるのはエッセイの常套だが、ツボを外さず、惰性に流れずというのは、簡単そうに見えて、じつは大変なことである。

その中で例外的に、エッセイの始まりから突然、本題に投げ込まれる「新宿のインド料理店」は、この世に絶望して消えたくなったときの特効薬としておすすめしたい。

事件の核心部分から語り始めるという手法「in medias res」の典型的な例は、ホメロスの叙事詩『イーリアス』の冒頭「アキレウスは激怒した」なのだが、麻呂教授は歴戦の将ではないので、突然激怒したりはしない。エッセイの冒頭は、「新宿のインド料理店にいたら、いきなりベリーダンスが始まり、びっくりする。」で始まっている。この後、どんなエライ目にあったかは凡人の予測を超えるので、ぜひ読んでいただきたい。

著者と私は、東京の同規模大学で英語を教えている歌人、という以外の共通点はないと思っていた。英国ケンブリッジの田舎が嫌で、毎週ロンドンに行くとか、入試の採点の休憩時間にはシュークリームが回ってくるとか、私は思ったことも、経験したこともない。しかし、案外同じなんだと膝を打ったのが、「部屋がほこりで汚れてくると、お客様を呼ぶチャンスである」の「来客掃除法」である。私も独身時代は、この方法で健康で文化的な生活を保っていたことを思い出した。

それにしても、麻呂教授の通う「カフェ・ドゥマーゴ」の雅な雰囲気と、拙歌「ドゥマーゴ渋谷で啜るは冷やし五目そば太鼓鳴るなり大雷雨なり」（大田美和歌集『飛ぶ練習』所収）では、誰が読んでも、同じ店とは思えないだろう。表参道の「アニヴェルセル・カフェ」も試してみたが、落ち着いて本が読める雰囲気ではなかったので、早々に退散した。

思うに、麻呂教授のエッセイに登場するカフェや、レストランなどの場所は、有名人エッセイやグルメ本・ブログにありがちな、誰もが出かけて同じようなサービスや経験を味わえる空間ではなくて、麻呂教授の醸し出す、そこはかとない雰囲気が作用して出現した不思議な空間であるのかもしれない。そこは麻呂教授が崇敬してやまないスター美輪明宏のステージ同様に、麻呂マジックが働いている世界なのだ。

本当の意味での教養と知識を持っている、謙虚な若者への賛辞は、読んでいて気持ちがいい。網戸掃除のお兄さんや、雑配管高圧洗浄の青年、カフェのギャルソン、たった四年弱の淡い付き合いの後、巣立っていく学生たち……。このような素直な讃嘆と感謝をもって生きるのが良き人生だとは、もはや誰も教えてくれなくなったのではないかと思うと、淋しい。

説教をせず、蘊蓄を垂れず、寒中の日向の縁側のような優しい気持ちを取り戻させてくれるエッセイは、ますます過酷さを増していく新自由主義社会の小さな灯である。このレベルのエッセイが新聞に連載されないとは世も末だと思う。エッセイとは、「一種の「ブランド商品」で、すでに本業で成功した人が書くものだという人もいる。」と麻呂教授も「あとがき」で書いているが、それではエッセイを読むという楽しい遊びが権威にひれ伏す処世術の習得に堕してしまう。優れた文章を読むときぐらいは、権力構造からは自由でありたいものだ。

この本を読んで、さらに深刻に中村幸一教授（麻呂教授の本名）の世界の深みに本気ではまりたいと思った方は、エッセイ集第一弾『中村教授のむずかしい毎日』（筆名・上村隆一、二〇一三年、北冬舎）を読むことをおすすめしたい。

「わたし」と「あなた」の融合と乖離
川口晴美の詩集『液晶区』から詩集『lives』まで

毎日、リュックサックの中に本をどっさり詰め込んで、時間があったら、気の向いた本から読んでいる。だから、本に気に入ったコピーの帯がついているときは、リュックの中でちぎれないように気を遣う。

川口晴美の第七詩集『EXIT.』（ふらんす堂、二〇〇一年）の帯もそうだった。

「見知らぬ人の日常を想像してしまう。電車に乗っているとき、車を運転しているとき、街ですれ違うと……これはもう私の趣味と言えるかもしれない。いやらしい趣味でしょ。『EXIT.』を読んだ時、私の心が満たされたのはそのいやらしい趣味に限りなく似た感覚を覚えたからだと思う。なんだかワクワクしちゃった。　小泉今日子」

これを読んだとき、これが川口晴美だと思いこんでしまった。自分は霊媒になって、見知らぬ他人になりかわって、他人の人生を言葉で作りあげていく詩人。なんて素敵。私とは、まったく違うタイプの作り手。そう思いこんだのは、「婦人公論」の書評の仕事で一緒になったときの、あらゆる種類の本を先入観なく受け入れる、懐の深い人という川口晴美の印象と、つながるものがあったからだろう。

このコピーが頭に染みついていたせいか、次の、川口晴美とはほとんど関係のないコピーに出会ったときも、これは川口晴美だと思ってしまった。

「いつも一人の女の子のことを書こうと思っている。／いつも。たった一人の。ひとりぼっちの。一人の女の子の落ちかたというものを。／一人の女の子の駄目になりかた。／それは別のあり方として全て同じ私たちの。／どこの街、どこの時間、誰だって。／近頃の落ち方。／そういうものを。」（岡崎京子「ノート（ある日の）」『ぼくたちは何だかすべて忘れてしまうね』平凡社、二〇〇四年）

マンガ『ヘルター・スケルター』の帯文として見たときから、気になっていた文章だ。川口晴美の作者とペルソナの関係も、これと同じだろうか？　こんな比較をしてみたくなったのは、二人の書き手の間に時代の風俗をすくい上げるという共通点があるからだろう。

川口晴美も、一篇の詩の中で一人の女の子のことを書こうとしている。それは、冷蔵庫の中の他殺体の場合もあるから、「一人の女の子の落ち方」と言ってもいいかもしれない。しかし、それでは、特に『lives』（第八詩集、ふらんす堂、二〇〇二年）に見られる、回生や再生を無視することになってしまう。それに、岡崎京子のヒロインの凄まじいまでに血と暴力に満ちたタカイと「落ち方」に比べて、川口晴美の詩のペルソナは、もっと静かで冷え冷えとして落ち着いている。

井坂洋子は『lives』以前の川口晴美の詩に、「孤独に執していく袋小路的な行き止まり」を感じ、その原因を「自分を、（病んだ）心」とみなしているからと解釈している（「東京新聞」二〇〇二年十月九日）。

私はかならずしもこの見方に賛同できないが、川口晴美の詩に頻出する、死を快感とする感覚は、たしかに健康とはいいがたいかもしれない。たとえば、マネキンが溶解液の入ったプールに投げ込まれるとき、「わたし」がなくなることを恐怖ではなく、探し続けてきた「あなた」にやっと出会える静かな歓びとして語っている（「マネキン」）。また、「婚礼」は、カフカの小説のように、騙されて招かれた客が何の理由もなく殺される物語だが、ペルソナはこの不条理に怒るどころか、「わたし」の消滅を幸福と感じている。

『液晶区』（第四詩集、思潮社、一九九三年）では、これでもかというほど、「わたし」は「あなた」になり、「わたし」と「あなた」の区別がつかないほどの融合と一体化が行なわれる。

冷蔵庫に閉じこめられて海に投げ込まれ、腐っていく「わたし」の身体と引き替えに、「わたし」を愛したか憎んだかした「あなた」の身体を取り戻していく「わたし」（「冷蔵庫」）。水槽の中の新生物は、自分を作り出した科学者に「あたしはあなただ」という（「水槽」）。「ソーダ水？　わたしが頼んだのだろうか。だとしたら、わたしはまた間違えてしまったのだ。ソーダ水が好きなのは彼女、わたしじゃない」（「日射病」）。「骨。だ、れ、の？　わたしの？　いいえ「彼女」の？」（「X」）。「透明なビニールシートに包まれたもの。それは、わたしだろうか？　わたしは捨てたのだろうか、それとも、すてられたのだろうか。」（「水蛇」）もともと、「わたし」は、明確に「わたし」以外のひとと区別できるような強靱さを持ってはいない。「すると排水溝からはもうひとりの（本当の?・）ちがう「わたし」の感覚が逆流してくるのだ。」（「浄水場」）。

このような「わたし」と他者の不分明、融合の感覚は、〈どちらが鬼かわからなくなった永遠の遊技のようにいつまでも追いかけあったという記憶は、廃校場に吊されているわたしの見た夢なのか〉（「X」）というようにも自覚される。

しかし、井坂氏とは違って、わたしがこの「永遠の追いかけっこ」に閉塞感を感じないのは、おそらく川口晴美のそれぞれの詩のペルソナが一つの人格（たとえば作者自身）に収斂していかないからだろう。それぞれの詩のペルソナは、たとえば永瀬清子やシルヴィア・プラスの詩のペルソナとは違う。彼女らのペルソナが作者自身として立ち上がるようになっている（あるいは、そのように読むのがもっとも豊かな読みを誘発する）のに対して、川口晴美のペルソナは作者自身ではなく、しかも詩によって微妙に異なっている。

詩「X」の融合の記憶を夢ととらえる自覚は、『液晶区』の「あとがき」の「夜になると庭は人影でいっぱい」で表明された、作者自身の自覚にきわめて近い。そこでは、他者の融合と乖離は一夜の幻想とみなされる。「わたしはこんなにもたやすく彼女で、彼で、あなたで、わたしで、せわしなく変化を繰り返し、わたしは彼女ではなく、彼ではなく、あなたではなく、わたしではない。――やがて、ようやく夜の眠りが訪れると、彼女も彼もあなたもわたしもすべて消えてしまう。」

『ガールフレンド』（第五詩集、七月堂、一九九五年）では、タイトルから予測できる同質的な愛情関係が描かれ、分身のような「彼女」が現われる。「カッコウ・ワルツ」では、夢に出てきた知らないひとに対して、「あなたなら　いい　あなたにだけ／わたしの夢を見させてあげる」と熱狂し、「濁った朝」では、「わたしは彼女になりたいとおもいました　ねつれつに　そのことしか考えられなくなってしまった」と告白し、「Izmir は遠い」では、旅の道連れの「彼女」と「わたし」は双子のようにどこかつながっている。一方、「わたし」という存在の危うさは、「ステキなフーゾク」では、不潔恐怖症の女友達と、風俗店で見知らぬ手によってさわられ、欲望されることで、かろうじて確認できる「わたし」としてとらえられている。

『ガールフレンド』と明らかに対を意識して作られた『ボーイハント』（第六詩集、七月堂、一九九八年）のほうは、異質な他者との関わりを扱っているのだろうという予測は、「わたしではないひとに触れるのは楽しくて／触れられるわたしのからだが楽しくて／うれしかった」（「ウール」）で確認できる。

しかし、このような単純な男女の二項対立は、あまりにもつまらないと思っていると、最後の詩「ツイン・ルーム」では、旅の道連れとわたしは、女と男のカップルになったり、「ひとつながりの生きもの」になったり、女同士になったり、楽しそうにセックスしたり、ご飯を食べたりして、読者の不満を解消してくれる。

『EXIT.』でも、小泉今日子のコピーとは裏腹に、「わたし」と「あなた」の融合や一体化が続く。「たぶんもうすぐわたしたちの誰かが、わたしかもしれない誰かが、またひとり妹を生む。」（「Over The Coca Cola」）。「震えながらなぞろうとする舌は舌のからだはわたしのような誰かのような」（「キズ」）。「あなたは誰だろう。わたしはあなたを知っている。いや、そうではない。あなたがわたしを知っているのだ」(「ヒビ」)。「触れたところから閉ざして肌の底深く消えていった指も体温も、わたしだったかもしれない。あなたは。わたしだったかもしれない。」(「残酷な肌」)。「もしかしたら夢のなかで、わたしたちは一人のひとだったかもしれない。」(「地上の夜」)。そして、「わたし」が死ぬという快感は、「そう、わたしは死んでしまった。わたしは。ひとりになった。なんて素晴らしいんだろう。それがどんなに素晴らしいか、もっとわかりたい。触れたい。」(「ダブル/ダブル」)と表現される。

『EXIT.』の「あとがき」で、作者である「私」は、塗装中のマンションから女友達の部屋へ一時的に避難するようなことはあっても、結局は自分の部屋へ帰らなければならないように、「出て行くことの出来る先等本当はどこにもな」く、「どんな遠い場所まで行ったとしても、私は私自身からは逃れられない。」という認識に到達する。だからこそ、古くなった外壁を剝がす音を聞いて、「私自身が剝がれ、こなごなに壊れていく音なのだろうか。」と夢想するのが楽しくもなるわけだ。

ここまでに触れた四つの詩集を、乱暴に一言でまとめれば、「わたし」が他者の中に溶けていく「緩やかに死んで行くみたいな心地よさ」(「婚礼」『液晶区』)を扱った「美しい恐怖映画」(「ヒビ」『EXIT.』)ということになるだろうか。これに比べて、『lives』では、どの詩にも、くっきりと一人一人の自立したペルソナが浮かび上がり、けっして他者と融合しない。「わたしは、殺さない。わたしは、一人だから。思い出しても、誰かと会っても、一人、一人きりで、行くのだから。」（「一人キリ」）。

こうしてみると、『EXIT.』よりは、むしろ『lives』のほうが、最初に引いた小泉今日子の帯文にふさわしい内容になっていることに気づく。つまり、私が小泉今日子の帯文で思いこんだ川口晴美の資質は、『lives』ではじめて全面的に開花したということになる。

二重人格症を病む「私」と「あたし」が出てくる「青黒い崖の向こう」は、「病んだ心」という意味で前の詩集に近いと言えるかもしれない。しかし、「私」の生を乗っ取ろうと企む「あたし」は、虚弱な「私」を鍛え直してくれるような、生命力あふれる自己である。「ほんまイラつく。弱いせいで生きていくのがシンドくなるとすぐ隠れてあたしに押しつける。けど、いい。そしたらあたしがこの体で生きてやる。」ここでは、「私」と「あなた」は融合せず、「あなた」は「私」を突き放し、乗り越える。

「交差点の幽霊」は、比較的、前の詩集と似た、「わたし」であることの息苦しさを扱っている。しかし、この「わたし」は生きたまま死者の自由を獲得し、気持よく漂っている。しかも、ほかの幽霊たちと一体化せずに、あくまでも一人を保つ。

「知っている人に出くわせば微笑んだりあいさつしたりお天気の話をしたり質問に答えたり／しなくてはならないと／それを思っただけで苦しくてドアから駅までが歩けなくて／部屋の中に閉じこもったきり自分の重みでつぶれて窒息していくような／ことにはもうならない／たぶん　死ななくてもこんなふうに半透明なオトナになってしまえばよいのだと／誰かに教えてあげることはできないけど」（「交差点の幽霊」）と。

「誰かに教えてあげることはできないけど」という断念と他者に対する配慮が、押しつけがましくなく、しずかに一人で立つ個人を引き立てている。そう感じるのは、私自身が「誰かに教えてあげる」ことが可能だと信じ、教えてあげようとするドグマティックな作り手だからかもしれない。

「わたし」が「わたし」を忌避しても逃れられず、他者になりかわることはできないという諦念は、すでに見たように、『EXIT.』の「あとがき」でなされていた。さらに、どんなに遠い場所に行っても、「わたし」からは逃れられないという自覚も。その諦念と自覚ゆえにはじめて、作者が恣意的に場所を移動していく『lives』では、交換不可能な他者の生を生き生きと描くことができた、と言えるのではないだろうか。

「彼女の苦痛をわたしが感じることはできない／わたしの苦痛を彼女が感じることも／あたりまえに／いつもいつまでも／隔てられて／わたしたちはいる」（「ボディ・インスタレーション」）。大田美和とのコラボレーションという装置は、このきっかけをつくったにすぎない。

しかし、『lives』以前と『lives』のこの違いを、私は単に、病気からの回復とか、健康な身体の獲得、というふうに読みたくはない。それは、フーコー以後、健康／不健康、正常／異常という二項対立を無批判に使えなくなったからというだけではない。『lives』以前と『lives』を、そのような変化や成長として読むのは、この詩人の特質を見誤ることになるからだ。

この詩人の特質は、青山ブックセンター本店を舞台にした「インターバル」にみごとに表われている。ここでは、「わたし」の他者との一体化の可能性は、錯覚として冷静に否定される。そして、「わたし」は店内の書物から書物へ、「わたしのではないものがたりのうえを　滑って」いく。そこに並んでいる本は、一見清潔な標本や「うつくしい死体のよう」に見え、本屋にいる人々も、「生きていないみたいにきれい」に見える。しかし、「わたし」は、その人々が、「本当は体温があって／ごはんを食べたり　寝たり濡れたり汚れたり／ぐちゃぐちゃになったりする」ということを知っている。

川口晴美は、「わたしのではないものがたり」を「うつくしい死体のよう」にも、「体温があって」「汚れたり／ぐちゃぐちゃになったり」するものとしても、自在に書き分けることができる。病気から回復して、うつくしい死体の物語を書かなくなることもなければ、汚れた物語を書かなくなることもない。夢を書くこともできれば、現実の人生を書くこともできる。それこそが川口晴美の強みであり、他の詩人に抜きん出た詩質なのだ。

V　わたしへ

両姓併記パスポート獲得記　結婚制度を使いこなす

パスポートがほしい

二〇〇四年八月、十数年ぶりに学会出張のため、英国に出かけた。こんなに長い間、外国に出なかったのは、二十代終わりの大病と、その後の定期的なメディカル・チェックの必要と、結婚・出産・育児、前任校での学期中の海外出張禁止などの仕事の忙しさだけが、原因ではない。

笑われそうだが、離婚せずに、通称である「大田美和」という名前のパスポートが堂々と手に入るまでは、どうしても出国する気になれなかったのだ。しかし、同じ年の春、自民党有志提出の選択的夫婦別姓法案が、あっけなく提出が見送られたのを見て、改正まで待っていたら寿命が尽きると判断し、魅力的な学会の誘いがあり、出張のための研究費もいただけたので、パスポートを取りに行くことにした。

最初の職場での旧姓使用

一九九三年にはじめて就職したときから、私はずっと旧姓である「大田」を通称として使ってきた。私の就職先は、新たに設置の許可を求める四年制大学の学部だったため、文部省（当時、以下同）に提出する膨大な書類の記入が必要になり、その書類の氏名は戸籍名でなければならないのかという、差し迫った問題があった。就職できるのは嬉しかったが、それまで「大田美和」の名前で発表してきた論文名を並べた書類に、別の名前を記さなければならないことには抵抗を感じた。

当時は、夫婦別姓はまだ一般的な概念ではなかったから、わずかな事例を必死で捜さなければならなかった。まず、図書館情報大学の教員による旧姓使用を求める裁判を支援する団体「氏名を大切にする会」に加入して、さまざまな情報を得た。それから別姓使用のためのハンドブック（当時は二冊しかなかった）を購入して作戦を練った。

ハンドブックを読んで驚いたのは、外務省の高官は別姓パスポートを発行してもらっているという事実だった。知り合いの、また知り合いに問い合わせるかたちで、文部省への提出書類の通称使用は問題ないという前例がようやく見つかって、就職先にその旨、説明した。そして、職場でも、健康保険や年金など、やむをえない場合を除いて、「大田美和」という名前を使いたい希望を告げて、了承を得た。

新しい研究室のドアのプレートを、恐る恐る見上げると、「大田美和」とあったので、嬉しかった。とはいえ、金銭が絡むことは、すべて戸籍名を使うよう指示されたので、研究費で図書を購入するときも、他大学の図書を借りるときも、教科書会社に教科書を注文するときも、戸籍名を使わなければならなかった。学会費を研究費から捻出する場合もそうだったから、振込用紙に両姓を併記してから、「通信欄」で事情を説明し、名簿の氏名訂正は必要ないと学会の事務局に伝えた。

通称でいいのか、戸籍名でなければいけないのかはケース・バイ・ケースであり、そのつど事務職員に尋ねなければならなかった。そのために、煩瑣な作業を強いられたという印象を、職員が得たとしても不思議ではないだろう。

それでも、教室でも、学会でも、結婚前と同じように「大田姓」を名乗れることは嬉しかった。とりわけ、同僚となった教員の中に、旧姓使用を希望しながら、結果的には折れて、戸籍名を使うことになった教員が複数いることを知ってからは、彼らと共闘できなかったことを残念に思うと同時に、頑張ってよかったと改めて思った。

もっとも、頑張りすぎたために就任当初から目立ってしまい、のちに産前産後の休暇を二回、育児休業を一回取ったあとで、やや居心地の悪い思いをすることになったのも事実である。けっしてわがまま放題をしたわけではないのだが、もうすこし角が立たない方法もあったのではと反省するとき、思い出すのは、職場での旧姓使用は勝ち取れなかったものの、同僚に旧姓で呼ばれることになった二人の同僚のことである。

一人は、最初の会議の席で、「私は二つの名前を持つ女です」というユニークな自己紹介をして、「え？　どういうこと？」と驚く同僚に、すかさず旧姓の名刺を配り、旧姓を定着させてしまった。もう一人は、ホームパーティを開いて、夫を紹介し、「研究室のドアに書いてあるのはこの人の名字で、私の本当の名前は○×です」と、これまた同僚に旧姓を定着させてしまった。じつに巧みで感心した。

私が「大田美和」という名前を名乗りたいのは、ただその名前が気に入っているからという単純な理由なのだが、もっと深刻な理由に基づく旧姓使用もあることを、このとき知った。前述の同僚の一人は、かつて戸籍名で新聞の「投書欄」に投書したところ、夫が会社の上司から叱責され、それ以来、旧姓を使っていると語った。今は個人主義の時代になったから、このようなこともたぶんなくなっただろうが、なぜ夫婦別姓なのかという議論をするときには、夫婦であっても、個人としては別であるという基本を確認するために思い出したい事例である。

そんな思い出も、今では懐かしい。時代は移り、前任校勤務の最後の年には、高校訪問で使う名刺も、通称のみでよいことになった。就任当時だったら、考えられないことである。私がお上に楯突いているのではなく、通称でなければ、私が、雑誌に連載している「書評の書き手」であり、「対談の記事に出ている写真の人物」であることがわからなくなり、私にとっても、学校にとっても、利益にならないということにようやく気づいてくれたのだ。そして、本学（中央大学）に就任した二〇〇三年、「旧姓使用願」を書くだけで、面倒な手続きからは解放され、やっと新しい時代の入口に立ったと感無量だった。

いざ、パスポートセンターへ

さて、前置きが長くなったが、問題の「両姓併記パスポート」の話をしよう。今は二十一世紀だから、夫婦別姓について以前より多くの情報を得ることができたが、「両姓併記パスポート」の獲得が難しいことに変わりはない。

インターネットサイトでは、「外務省という「出島」を利用して、日本を夫婦別姓へ向けて開国しよう」というアピールが目を引いた。それから、パスポートセンターに電話をかけて、「通称併記のパスポート」を取得するのに必要な書類は何かと問い合わせたら、親切に教えてくれた。外国で出版した著作や、外国との手紙などで通称を使っている証拠を、できるだけたくさん持ってくるようにということだった。

パスポートセンターには、体調がよく、時間的にゆとりのある日を選んで出かけた。黒のパンツスーツの下に、ニューヨーク在住のアーティスト草間彌生の dods obsession の紅いTシャツを着た。

「そんなパスポートは発行できません」と言われて逆上し、翌日の新聞に「中央大学文学部教授、パスポートセンターで大暴れ、逮捕」という記事が出ては困るから、なるべく控えめに自分の希望を伝えるつもりだが、「自分の名前のパスポートを取るのに、なんでこんなに苦労しなくちゃいけないのよ！」と怒りたい気持は抑えがたい。声高に自分の主張ばかり唱えて、相手の反感を買ってはいけないが、さりとてけっして妥協はしません、と自分を励ますつもりのコスチュームである。

まず、普通の窓口に並んで、「通称併記のパスポートを作りたいのですが」と申し出た。職員は私が何を言っているのか、わからないようだった。もう一度、「通称併記のパスポートを作りたいのですが……」と繰り返し、「海外の学会に出張するため、学会で使っている通称を併記したパスポートを作りたいのです」と説明すると、職員はあいかわらず外国語を聞いているようなな顔をしていたが、他の職員に助けを求めてから、別の窓口で別の担当者に相談するようにと応えた。

普通の窓口がスイスイと進む間、担当者が来るのをしばらく待った。出てきた担当者は私の要求が何かは少なくともわかっている人である。

「持ってきた書類を見せて下さい」

そこで、今回の学会の参加費を小切手で郵送した際のデリバリーと、学会の事務局からのEメールと手紙を並べて見せた。

「外国で発表した論文や本はないんですか?」

「ありません」

「そうですか……、それでは無理ですね」

外国で発表した論文や本がないのは、私の研究者としての怠慢である。しかし、教授会で昇格審査をしているわけでもないのに、なぜここで、それを問われなければならないのか? パスポートを発行する側の論理としては、「外国で著名な方が、その名前のパスポートがないと不便でしょうから、発行してあげます」ということなのだろう。しかし、私はやっと病気も直って、子どももすこし大きくなって、「さあ、これから外国で仕事をしよう」とはりきっているのに。あれほど苦労して、国内で十年以上も通称で仕事をしてきた蓄積が、外国で戸籍名で仕事をすることで、なし崩しにされるとは……。そんなことを考えていると、畳みかけるように、

「外国で発表したものがあれば、すぐに出せるんですけどねえ……」

職員は皮肉を言っているわけではなく、現実を言っているだけだ。ここで腹を立ててはいけな

い。どうにかして、「両姓併記のパスポート」を獲得しなければならない。自分を抑えながら、

「職場でも、学会でも、十年以上も通称で仕事をしてきたんです。外国でだけ、通称が使えないのは困るんです」

「でも、外国で発表したものがないとねえ……」


大田美和は法律上存在しない!?

しかし、あくまでも私が、「それなら、戸籍名だけで結構です」と言わなかったせいか、職員のほうから、こう提案してくれた。

「だめもとで、外務省に電話で問い合わせてみましょうか?　たぶん、だめですけどね。それでだめだったら、あきらめますね?」

「お手数おかけしますが、お願いします」

「しばらく座ってお待ちください」

一時間以上待たされるかと覚悟していたら、十分もたたないうちに呼ばれた。

「お待たせしました。大丈夫でした。……世の中、変わるんですね」

拍子抜けしたような様子である。

「ありがとうございました。お手数かけました」

よかった、よかった、あきらめないで。ほっとしたところへ、職員が一言。

「でも、今の日本の法律では、「大田美和」という人は存在しないんですよ」

「そのとおりですね」

と、愛想笑いを返すほかはなかった。

このあと、東京都知事宛に「使用願書」なるものを書かされて、他の必要書類とともに提出し、一週間後には通称名が括弧書きで併記されたパスポートが発行された。私の生活実感としては、戸籍名のほうを括弧書きにしたいところだが……。

晴れて「両姓併記のパスポート」を得て出国できたおかげで、研究教育の両面で刺激を受けたばかりでなく、こんな短歌作品を作ることができた。

旅はおんなの羽衣なれば二人子の年齢を聞かれて即答できず　大田美和
パスポートの中の二つの名字にはおさまりきれない無数の私　同
徐京植の『ディアスポラ紀行』携えて両姓併記後二度目の出国　同

以上、なんだか偉そうな「戦勝記」になってしまったが、私とて、自分の戦果にただ酔いしれることはできなかった。婚外子や、在日外国人など、自分の名前を名乗る自由を制限されている人々がいることを思うと、結婚制度の中で保護されたうえに、「別姓」まで名乗りたいという私の要求は、虫がよすぎるのではないかと思えてならない。

しかし、例の職員の最後の一撃が、私を正気に戻してくれた。「大田美和」が法律上存在しないのであれば、それを法律上存在させるための法律を作ることは絶対に必要である。

Epithalamion（祝婚歌）　文学と社会

絵は俺の昏《くら》き内部に屹立し妻抱けば響動《とよ》む琵琶《サーザ》のごとく　江田浩司

グルジアの映画監督パラジャーノフの映画を一緒に観たあとで、江田浩司がこう歌った。それに対して私は、

チェロを抱くように抱かせてなるものかこの風琴はおのずから鳴る　大田美和

という返歌をつくった。そして、歌人であり、教師である私たちの結婚生活は始まった。

あれから九年、私は現在、東京都狛江市の自宅から稲城市にある勤務先の女子大まで、自家用車で通っている。走行距離は十五キロ足らずだが、制限速度三十キロの道が多いのと、多摩川にかかる橋とＪＲ南部線の踏切で渋滞することが多いため、空いているときは四十分、混んでいるときは一時間ほどかかる。子どもが生まれる前は、自分が毎日、運転するようになるとは思ってもみなかった。

というのは、教習学校に通っていた頃、ドライバーの適性検査で、つまらないことにカッとなる質だと診断されて、運転はやめたほうがよさそうだと感じたからだ。「車を運転すると人が変わる」とよく言われるが、これは、「車を運転するとその人の本性が出る」のまちがいではないかと、私はひそかに思っている。私はハンドルを握ると、ふだんは隠れている乱暴な性格が剥き出しになるのだ。

それに、風にあたり、雨に濡れ、草や土の匂いを嗅ぎながら、歩いて新しい空気を身体に入れることは、創作には本来、欠かせないものだと思うが、どうだろう。運転席に座りっぱなしで、窓を閉めてエアコンでもつければ、感受性はたちまち怠惰な眠りに入る。鋭敏になるのは、急に飛び出してきた人や、のろのろ運転の車へのいらだちばかりだ。

多摩川原橋にさしかかるところは、冬の晴れた日には多摩丘陵の向こうに富士山が見え、多摩川のきらめきは季節によって微妙に異なるのがわかる。かつて、この川を小田急線で渡りながら、

急行は君の住む町通りすぎ車窓に春の多摩川光る　　大田美和

と歌ったことがあった。しかし、そんな歌は、マイカー通勤では、とても生まれそうにない。大学周辺にはわずかながら水田も残っているのだが、私の運転する日産マーチは車高が低いうえに、よそ見運転するわけにもいかないので、梅雨の晴れ間の水張田の輝きを見ることはできない。最初の子どもが生まれる前は、私の生活はずいぶんのんびりしていて、大きいお腹をかかえなが

ら、大学のある丘を降り、川沿いの道を三十分もかけて、京王線稲城駅まで歩いたというのに。今は懐かしい、短歌との蜜月時代、東大の大学院生だった二十代後半、下宿のあった馬場下から早稲田大学文学部までの坂を下りながら、まるで熟した木の実が自然に落ちるように、いくつもの歌が生まれたものだった。新江戸川公園や早稲田界隈を、手帳を持って一時間ばかり歩き回るのが日課だった。若さとはそういうものなのだろうが、歌は際限なく作れるように思えた。

私は、日常語の錆を洗い落として言葉の鋭い切っ先を取り戻してやることが、詩人の使命だと思っていた。特に、動詞を日常語とは異なるコンテクストに入れてやることによって、短歌に新しい局面が開けるような気がして、日本語のすべての動詞を使って歌を作りたいと意気込んでいた。音楽を聴いても、芝居を見ても、絵を見ても、身体を動かしても、恋愛をしても、何をしても、歌ができた。絶好調の状態にある自分の感受性に、次はどんな刺激を与えてやろうかと、よく思ったものだ。

それがストップしたのは、結婚直前の病気の発見だった。思いがけない入院生活の間、私はこれまでに感受性をむやみに刺激するというかたちで、自分のからだをいじめすぎたのではないかと不安になった。そして、退院後しばらくは、感受性の角をちぢめて、蝸牛のように殻に閉じこもっていた。そんな私を救ってくれたのは、歌集『水の乳房』の「あとがき」に書いたように、ロシアの映画監督タルコフスキーの日記と、韓国出身の亡命作曲家尹伊桑《ユンイサン》の対話集だった。

いや、それ以上に、歌人である伴侶江田浩司のおかげが大きかったかもしれない。『きらい』

以後の私の創作人生は、彼なしでは語れない。それまでの恋人たちが（といっても、その実在を私の読者はなかなか信じてくれないようであるが）、どちらかといえば、ディレッタントであったのに対して、江田は私と同じように、文学を人生の目的の中心に据えている人であった。

結婚した当時、歌仲間から「鉄幹と晶子をめざせ」と励まされた。子どもが生まれる前、江田はよく、「与謝野晶子にできたんだから」と言って、育児と仕事の両立をのんきに考えていたが、いざ子どもが生まれてみると、「（こんな大変な生活を）与謝野晶子はどうやっていたんだろう？」という驚きになり、二人目が生まれてからは、自分たちの育児と短歌を、与謝野夫妻と比べることはもうなくなった。私はといえば、長男を出産したとき、これが自分の最高傑作だと思ったという晶子の若さが、ただうらやましいばかりだった。

はじめて子どもを授かったとき、私は病後の憂鬱からやっと脱したばかりで、どんな身体の変化にも敏感になっていた。たとえ自分の身体の中にいても、子どもは自分とは別の主体を持つ人間だ、と頭で思えば思うほど、全身全霊を使った創作は胎児の成長に悪影響を与えそうで、気が進まなかった。一個の新しいヒトへの責任に押しつぶされそうだった。環境ホルモンや電磁波の胎児への影響がささやかれる現代では、そんな不安にかられる妊婦は、おそらく私だけではないだろう。晶子にはそんな不安はなかったのだろうと思うと、それもまた、うらやましい。

そんな私でも、子守歌や、オムツ替えなどの世話をするとき、子どもに唄ってやる唄（短歌ではない）を数えきれないほどつくった。どれも、わらべ唄みたいに単純な歌詞で、自然に湧いたようなメロディーだ。そういえば、小学生の頃、歌謡曲や、テレビ番組の主題歌の替え歌をつくっては回覧して、クラスで流行らせたことが懐かしく思い出される。

今、二歳半の次男は音楽が好きで、私の作った唄を一緒に唄ってくれるが、これらの唄が譜面に書き留められることはたぶんないだろう。私がそんな唄を唄ってやったことも、彼らの記憶の奥底に沈んで、やがて忘れられてしまう……。


子どもを育て、英語教師としての仕事をし、アン・ブロンテや、ジョージ・エリオットや、トーマス・ハーディについての論文を書くことに加えて、一九九三年から「婦人公論」の「今日の本棚」の欄の執筆者の一人に加えてもらったことは、少ない時間をやりくりして本を読み、自分の考えをまとめる訓練になった。歴代の編集者たちに、一冊の雑誌を世に送り出す情熱と思いの深さに接しながら、文学修行をする絶好の機会を与えてくれたことに感謝している。

この仕事を通して、二〇〇〇年に出会った本の中から忘れがたい二冊をあげておきたい。一冊は、ジャン・F・フォルジュの歴史教育論『21世紀の子どもたちに、アウシュヴィッツをいかに教えるか？』（作品社）。もう一冊は、アンドレイ・マキーヌの小説『フランスの遺言書』（水声社）である。

『21世紀の子どもたちに、アウシュヴィッツをいかに教えるか？』の著者フォルジュは、フランスの高校の歴史教師である。彼は、アウシュヴィッツのような野蛮な行為を繰り返さないために、アウシュヴィッツでなされたことについて、子どもたちにどう教えたらいいだろうかと問いかけ、具体的な教育方法を示している。

この本の背景には、現代ドイツの歴史家論争とフランスの「記憶の義務」論争、ヨーロッパ各国での歴史修正主義者の隆盛に対する危機感があるのだが、私がもっとも感銘を受けたのは、事実を徹底的に知ることを重んじるフォルジュの、芸術に対する敬意である。芸術作品だけが、おぞましさを前にして怯んだり、おぞましさに魅惑されたりすることから、我々を守ってくれるとフォルジュは言う。

芸術への信頼が人類を救ってくれるかもしれないと、大いに励まされた。この本の冒頭で、著者がビルケナウの女子収容所の壁に舟の絵が描かれているのを見て、ブリューゲルの『死の勝利』(骸骨姿の死者たちが生者たちを大量虐殺している絵)を連想するという導入部は、じつに忘れがたい。

この本を通して、私はプリモ・レーヴィ(一九一九—八七)にようやく出会うことができた。プリモ・レーヴィはイタリア生まれのユダヤ人であり、詩人、化学者、アウシュヴィッツを生き延びた証言者である。私は今、『溺れるものと救われるもの』(朝日新聞社)などのレーヴィ自身の著作と、徐京植《ソキョンシク》の『プリーモ・レーヴィへの旅』(朝日新聞社)をはじめとした、レーヴィについての著作を集めて、読みはじめている。そして遅蒔きながら、クロード・ランズマンの映画『ショアー』を見ることによって、戦争と殺戮の世紀であった二十世紀から二十一世紀への希望の橋渡しをするという作業を、一人、ささやかに続けようとしている。

マキーヌの『フランスの遺言書』(水声社)は、みずみずしい言葉で綴られた自伝的小説である。一九五〇年代末のシベリアに生まれた少年が、ベル・エポックのパリと、スターリン支配を経験したフランス人の祖母の昔語りという媒介を経て、言葉の不思議にめざめ、異なる文化と歴史にめざめ、性と愛にめざめる。著者はペレストロイカのとき、ビジネス一辺倒の世相に絶望して渡仏、ペール・ラシェーズ墓地の祭壇で、雨風をしのいで小説を書いた。フランスでも古きよき文学は失われたというが、日本の状況もさして変わらない。

私自身、大学で英語を教えていて感じるのは、今の学生たちが、大学に入る以前に、文学は社会とは何の関係もないから役に立たないし、つまらないと思いこまれされていることである。それでも、授業中に「すぐれた文学はその時代のすぐれた感性の証言である」というアナール学派(フランスの歴史学の一派)のことばを紹介すると、進んでメモを取る学生もいるし、一首の歌にこめられた思いの深さを知って、涙を流す学生もいる。

非常勤先の英文科のゼミでは、アン・ブロンテの小説が当時の結婚をめぐる裁判や、法律に基づいて構想されているということに、多くの学生が興味を示した。となれば、世間に喧伝されている学生の文学離れは、学生の意識の問題というよりは教育の問題なのだ。大学で文学研究者として生きていくことが、ますます困難になっている時代でも、人が人として生きていくために文学は欠かせない、という私の信念に揺るぎはないが、目先の変化にばかり気をとられている日本の大学の現状では、文学には未来があるのだろうか、という暗い思いにしばしばとらわれる。

しかし、そんな暗い思いを振り払うように、マキーヌの小説の詩的な言語空間で深呼吸したとき、気がついた。この祖母の語りによって、飲んだくれの男がスターリングラードの戦いのあとで見た岸辺の葦と小魚の群れは、永遠の命を与えられている。この葦と小魚の群れのシルエットは、まぎれもなく、タルコフスキーへのオマージュであろう。それと同じように、二十世紀の終わりに、ルワンダや、ボスニアや、チェチェンで人々が感じた絶望や喜びも、人と言葉があるかぎり、永遠の風景として立ち上がり、誰かの心に刻まれることだろう。なぜなら、この祖母が大戦で恋人を失い、中央アジアで輪姦され、夫と娘に先立たれたあとで、〈あんなに美しいのは、彼女の目や顔や体から、あの光と美の瞬間瞬間がすべて透けてみえるからだ〉。――私たちはまだ、間に合うのだろうか?

今、私の自家用車にはいろいろなCDが積んである。スザンヌ・ヴェガの「欲望の九つの対象」は、出産後、以前よりたくましくなったスザンヌから元気がもらえる曲だ。多田武彦の男声合唱組曲『雨』は、八木重吉の「雨」がすばらしい。〈雨があがるように　しずかに死んでゆこう〉などとは、私にはおよそ言えそうもないが、彼の静かな信仰に心打たれる。

先頃亡くなった高田三郎の混声合唱組曲『水のいのち』も、最近よく聞く曲である。このうち、「水たまり」は高校の合唱祭で歌った曲で、それがメッセージ性に富んだ現代日本の合唱曲の魅力との最初の出会いだった。そして、大学では迷わず混声合唱団に入ってバッハやパレストリーナのミサ曲を歌った。このように二十代前後で合唱に親しんだことは、私が難解な現代詩ではなく、愛唱性のある短歌を作ることに影響を与えたのではないかと今にして思う。

「オペラ合唱曲集」のうち、ワーグナーの歌劇『タンホイザー』の大行進曲「歌の殿堂をたたえよう」は、気分を一新するのに欠かせない。子どものためには、「童謡集」と「ウルトラマン主題歌集」のCDを積んでいる。子どもの頃、夢の中で、よくウルトラマンに変身して闘ったことも、今では懐かしい。あの、リーダーシップを取るのが好きだった活発な女の子は、今も私の中に生きているのだろうか?

運転中、CDを聞かずに、J-WAVEやFEN(現AFN)を聞くこともあるし、子どもたちを保育園から連れ帰るときにすぐ子ども番組が聞けるように、教育テレビにダイヤルを合わせておくこともある。

聞く番組や、CDによって、私の心の別々の場所が交響し、鳴り響く。高校生になるまで、ピアノを手に入れることができなかった私にとって、音楽は永遠のあこがれだが、限りある自分の身体の中に、このように、さまざまな音楽の受容体があることを、両親と天に感謝したい。創作をしているときも、芸術作品に触れているときも、いのちあるかぎり、私という楽器に備えられた、すべての鍵盤を鳴らしてみたい。

病膏肓

私がまだ女子学生だった頃、英文科に、マリー・アントワネットもびっくりの、優雅な髷を結った女性教授がいた。英詩を読む声もすばらしく、先生の講義を、いつもうっとり聴いていたものだが、あるとき、その先生のことを同級の男子学生に話したところ、「ああ、あの文学少女がそのままババアになったようなやつね」と言われて、驚いた。

あれから二十年、私は、自分がその文学ババアの道を邁進していることを、日々自覚している。もちろん、アントワネット先生の優美さはなく、文学に耽溺しながら、いつのまにか年を取っているだけの話だが……。

文学ババアの自覚症状とは何か？　その代表は、自分のこれまでの人生が、自分が実際に体験したものなのか、本の中で体験したものなのか、わからなくなるというものだ。私の場合、短歌の創作というかたちで、自分の体験を都合よく歪曲したり、拡張したりしている（このエッセイも例外ではない）ので、この傾向に拍車がかかる。

この病気は、どうやら、年を取るにつれて悪化するようである。数十年後には、私は、雇い主の誘惑に日記を書いて抵抗する小間使いだったことがあり、無人島で妖精を従えて復讐をたくらんだこともあると、ふれ回っていることはまちがいない。(どの作品の誰のことか、わかりますね?)

この春にも、新たな症状が現われた。

仕事が楽しくて、つい帰りが遅くなったある日のことである。子どもたちに負担をかけているかなあ……、でも、他のワーキングママよりも夏休みが長いんだし、と自己正当化していると、頭の片隅でささやく声が……、「この埋め合わせはいつかする」。

誰の声だろう? なんと、『ジェイン・エア』のロチェスターではないか。重婚を隠してジェインに求婚するときの言葉だ。

こんなこともあった。鶯の声で五時に目が覚めて、洗濯機を回しながら本を開くと、「メイソンは今朝発ちました。私は見送るのに四時に起きましたよ」。これまた、ロチェスターの声だ。声が日本語、というのが情けないが、『ジェイン・エア』は原書で読めるようになる前に翻訳では百回は読んだので、しかたない。日頃、研究でも創作でも、手段として文脈をわざと無視しつづけた結果、脳が暴走を始めたのだろうか?

気味が悪いと言わないで、可哀想に、と文学談義におつき合いいただければありがたい。

最新歌集『飛ぶ練習』から一首を引く。


生き延びたシルヴィア・プラスは朝ごとに子に用意するしょっぱいミルク　　大田美和

さよなら早稲田　短歌の生まれる場所

馬場下にあるカレー屋で夕食を終えて出てくると、隣の洋書屋はもう店じまいをしていた。すぐ上にある穴八幡神社の森から、気の早い木の葉が舞い降りてくる。今日は土曜日だから、すこしゆっくり夜の散歩としゃれこむことにしよう。九月のはじめ、学生のまだ戻ってこない、静かな早稲田界隈だ。私はもうじき、この町を離れることになっている。

新宿区西早稲田に住み始めたのは、今から七年前、大学三年の春だった。それまでは神奈川県の小さな町から片道二時間かけて通学していたのだが、長い通学時間が馬鹿らしくなって、友達の勧めにしたがって、アパートを借りることにしたのだった。

見つけたアパートは、東向きの日当たりのいい部屋で、四畳半に加えて二畳くらいの台所が付いていた。女の子ばかりの間借りだから、男友達を連れてくるには不便かもしれないが、当面のところ、そういう心配の必要はなかった。

一人暮らしを始めてまもなく、私は毎晩、取りつかれたように、文章を書くようになった。誰に課されたわけでもないが、日記帳の他に雑記帳というのを作って、思いついたことを書いては一人で楽しんでいた。両親のいる家を出て一人になって、ようやく私のものを書きたいという気持に火がついたのだろう。
そして、その年の秋、私の作った短歌が「朝日新聞歌壇」にはじめて載って、私は短歌という詩型に急速にのめりこんでいった。私の短歌と早稲田での生活は、切っても切れない関係にあるのだ。
カレー屋の前の街灯がついて、文学部の交差点に至る坂道をぼんやりと照らし出す。この坂道を今までに何人の友達と一緒に歩いたことだろう。いつも通る場所なのに、共に歩いた人の個性によって、それぞれに景色は違って見えたのだった。

まぶしげにわれと夕べの景色とを見比べており手さえ触れずに　大田美和歌集『きらい』
日比谷から早稲田へ歩く氷雨さえ君の手を取る口実にして　同
二人して行きし古書街手をつなぎ早稲田通りを渡りたる午後　同

この坂道を歩いているうちに、どんどん愉快になって足早になり、文学部前の交差点までいっきに駆け下りたことが何度かあった。そしてここは、不思議と詩的インスピレーションの湧く場所でもあった。

木漏れ日に濡れたる君にくちづける今朝は世界ができて七日め　同

私の一番好きな歌。この歌ができたのも、部屋に鬱々とこもっていたあげく、二時に銀行が閉まるのに気づいて、あたふたとこの坂を下りていったときではないだろうか。

詩が生まれる瞬間——それはまるで、熟れた木の実が枝を離れて落ちてくるようなものだ。あるとき、突然、空から歌が降ってくる。まっすぐに、すでに完成された姿で落ちてきて、すっくと私の目の前に立つ。

そういう僥倖とも言えるできごとが、この坂を通り過ぎるときに、何度か起こった。磁場、というのだろうか。その場所に行くと、今まで見えなかったものが見えるようになり、聴こえなかった音が聴こえるようになる。といっても、もちろん、毎回そんなことが起こるわけではないのだが。

何かがきっかけになって、芋づる式に、というよりも、むしろ天の緞帳の紐を引いたみたいに、どさっと三十首ばかり歌が降ってくる。そんなことが何度か起こったワープロの前も、一首の「磁場」と言っていいかもしれない。

ワープロを置いた窓辺には、大きな枇杷の木が影を作り、往来を過ぎる人の話し声が聞こえた。声の主は、犬を連れたお年寄りであったり、学校帰りの子供であったり、研究所に通う留学生であったりした。そんな声をよそに、一度ワープロの前にすわると、私の思考のほうが走り出してしまって、次々に打ちこむキーをワープロがフォローしきれなくなったこともしばしばだった。

かじかみて操作手間取るワープロのブラウン管に未知の語並ぶ　（以下、同前）

かき消した文字もそのままワープロの記憶容量分を歴史に
自慰のあと残るけだるさワープロの上で言葉と組み合いしのち

この「磁場」はぜいたくで、バックミュージックをいつも要求していた。よく聴いたのは、スザンヌ・ベガ、中島みゆき、ケイト・ブッシュ、ディーリアス、マーラー。歌集『きらい』(河出書房新社、一九九一年)の編集作業の最終段階に入ったとき、いろいろ聴いてみて、一番はかどったのは、「グレイテスト・ヒット・オブ・マドンナ」だった……。
なんだか、ずいぶんロマン主義的な、詩の生まれる瞬間を披露してしまった。この調子で行くと、私は「イオラスの竪琴」で、風が吹くときは歌をうたうけれども、風が止むとしょんぼりしてしまう、ということになりかねない。

詩人は神の奏でる楽器、
神が奏でるのをやめたとき詩人の命も尽きた。

美しいイメージだが、詩人というものが、こう定義されたら、詩人は自分の言説に責任を持たなくていいということになってしまわないか。それは私のめざす詩人像とは異なるし、私は、たとえ風が止んだときでも、自らの力で鳴り出すことのできる力強い竪琴でありたいと思う。
こんなことを考えながら歩いているうちに、いつのまにか大隅通りを抜けて、グランド坂に出た。坂を上っていくと、土手の上のクレーン車の赤いランプがちらちらと夜空に点滅しているのが見える。この土手一帯に戦前からあったような木造家屋は、すべて取り壊されてしまった。グランド坂の由来である安部球場も今はない。その跡地には、新しい図書館が建っている。坂を上りつめた右手には、秋になると営業する焼き芋屋があるが、ガラス戸はまだ閉まったままだ。この冬、あの店の大学芋を食べる前に、私は早稲田からいなくなるんだな……。

第一歌集ができた頃、この町を去ることが決まった。東京の郊外で、新しい生活が待っている。一人暮らしが終ると同時に、長かった学生時代も終わる。それにしたがって、私の歌も変化していくことだろう。

私と私の歌を育んでくれた早稲田よ、ありがとう、そして、さようなら。

美和ママの短歌だより

1

こわれた樋を落ちる雨音「あした晴れ？　あしたのあしたは晴れ？」って響く

大田美和

「誕生日に、うちの娘が「あっちゃん、もう三歳になったから、知らないおばちゃんが迎えに来ても泣いたりしないよ」って言ったの」

話し終わったA先生の目に涙があふれました。食堂から見える池はどんよりと濁っていて、雨は今日一日やみそうにありません。A先生は私より三歳年上で、心理学の先生です。大学の仕事が終わったあとも、セミナーや研究会に出席して、保育園のお迎えはベビーシッターさんに頼むことが多い、と聞いていました。

私も、夜の研究会や読書会に出たいのはやまやまですが、保育園に預けた後で、また別の人に預けるという二重保育が、子どもの心にかかる負担を思うと、踏み切れずにいました。A先生はカウンセラーでもあるから、子育ての勘所をきちんと押さえたうえで、納得してそうしているのだろうと思っていました。

――そうか、A先生も、普通のお母さんと同じように、悩みながら生きているんだ。そして、その悩みを、子どもは子どもなりに引き受けて、お母さんを応援しようとしている。

「えらいねえ」とも、「けなげだね」とも簡単には言えないような気がして、私が黙っていると、「それからね、もう三歳なんだから、ケーキを二つもらってもいい？ と言って、私の分まで、ぺろっと食べちゃったのよ」

A先生はにっこり笑いました。明日は梅雨の晴れ間が見えるかもしれません。

2 夏の思い出

夏の風稲城の丘より吹き下ろし保育園まで駆けて行きたし　　大田美和

「グラスは洗ったあと、すぐ拭かないと、汚れがつくからね」

すぐそばで、B先生の低い声が聞こえたような気がして、はっとしました。B先生は写真の笑顔になってしまって、ユリや菊に囲まれて祭壇の上にいるというのに。ひぐらしが鳴き始めて、焼香の列が静かに進んでいます。先生は六十歳を過ぎたばかりでした。病気を隠して最後まで教壇に立ったそうで、知らずに授業に出ていた学生たちは、先生の突然の死に驚き、泣きはらしました。

四十年前、B先生は大学院在学中に婚約しましたが、婚約者は奨学金を得て、アメリカに留学しました。待つのは女というのがあたりまえだった時代に、同級生や先輩が、「男だったら連れ戻せ」と大合唱する中、B先生は婚約者を二年間待ったそうです。

その後、夫婦そろって英文学者としての活躍が始まりました。子育て中もB夫人が次々に本を出版できたのは、B先生の協力と応援があったからでしょう。女子大学院生はみな、「B先生みたいな素敵なダンナさまを見つけたい」と夢見ていたものでした。

でも、家庭生活では奥さんの負担のほうが大きいのでは？　と思っていたとき、読書会の後片付けを先生と一緒にしたことがありました。私がコーヒーカップやグラスを洗いあげて、かごに伏せたままでおしまいにしようとしたところ、先生は「すぐ拭かないと汚れがつくから」とおっしゃって、布巾で拭いて、食器棚にしまい始めました。日ごろ家事をしている人でなくては、絶対に気がつかないことでした。

本堂からフォーレのレクイエムが流れてきて、近親者のみの通夜が始まったようです。大学院を修了してから十年、私自身、同じ教師であり、歌人でもある夫と、喧嘩したり、話し合ったりしながら、仕事に育児に奮闘しています。先生がお元気だったころに、近況報告をしたかったと悔やまれてなりません。

3

園庭に夕べは重くなる木の実　もぎとるように子を連れかえる　大田美和

その日は思っていたよりも早く仕事が終わり、保育園へのお迎えも、いつもより三十分、早く着きました。ちひろは仲よしのリュウちゃんと、園庭でブービーカーを乗りまわしていました。

「ただいま」と声をかけると、ちひろはお気に入りの青いブービーカーを放り出して、私に飛びついてきました。

一緒に走ってきたリュウちゃんは、くしゃくしゃの泣き顔に変わりました。

「ちーくんのママはもうお迎えに来たのに、ぼくのママはまだなの」

それだけ言うと、涙がぽろりとこぼれました。

このところ、私はリュウちゃんのママと、夕方、同じ時間に保育園に来ていました。リュウちゃんは時計がまだ読めないので、「ちーくんのママが迎えに来たら、ぼくのママが来る時間だ」と覚えていたのでしょう。ちーくんのママが来たのに、自分のママの姿が見えないので心細くなったのです。

「だいじょうぶ。リュウちゃんのママももうじき来るよ。今日はおばさん、早く来すぎちゃってごめんね」と私が言うと、リュウちゃんはわかったような、わからないような顔をしていました。

「それじゃ、リュウちゃんのママが迎えに来るまで待っていようか」

「やったあ」と言って、リュウちゃんとちひろは、またブービーカーに乗り始めました。

「ねえ、見て見て」と頭の上を指さす子どもにつられて見上げると、たわわに実った柿の実が色づき始めています。

「早く食べたいなあ」と一緒に見ているうちに、夕方の保育園の子どもは、柿の実に似ているなあと思いました。園庭で群れをなしてあそんでいる子どもたちを、お母さんやお父さんが、一人ずつ大切にもぎとって、ふところに抱えるように連れて帰るからです。

夕方の子どもは、抱っこすると、朝よりもずしんと重く感じられます。私はその重さで一日の疲れを知るとともに、「今日一日、保育園で元気に遊んでくれて、ありがとう」と思うのです。

4

サンタクロースのひげにさわった夢をみた　わたあめみたいに光っていたよ　　大田美和

上の子のちひろが四歳になったばかりのクリスマスのことです。ちひろは、サンタクロースにプレゼントをもらうのをとても楽しみにしていました。その期待にこたえたかったけれど、あいにく私は風邪をひいてしまって、遠くのデパートまで買い物に行けませんでした。そこで、二人が昼寝をしているすきに、近所の薬局とスーパーマーケットで、ちひろにはサッカーボールの形のチョコレートと十二色のクレヨン、ちうねにはたまごボーロとおしゃぶりを買いました。

いよいよ、クリスマスの前の晩です。ちひろに、二人分の靴下を枕元に並べさせて、サンタクロースのお話を読んでから、二人を寝かしつけました。さて、問題はプレゼントをいつ靴下に入れるかです。あまり早く入れすぎると、夜中にサンタが来たという実感がわきません。

というのも、ちうねは、いつも夜中の二時過ぎに目を覚ますし、ちひろは夜明け前におしっこに起きるからです。早朝、二人が熟睡しているわずかな時間に起きられるかしら？と心配しながら、眠りました。そして、四時半になんとか起きて、子どもたちが目を覚まさないか、どきどきしながら、押し入れに隠しておいたプレゼントを靴下の中に入れたのです。

朝、「サンタさん、やっぱり来たんだねえ」という、ちひろの声で起こされました。

「煙突がないのにどこから入ったのかなあ」と不思議そうでしたが、サンタさんが来てくれたことがうれしくてしかたがないようでした。

数日後、子どもたちを連れて、薬局に紙おむつを買いに行きました。店の中を走り回っていたちひろは、ちうねがサンタさんにもらったのと同じおしゃぶりを見つけて、「あ！」と指さしました。

――しまった、見つかっちゃった！

と私が思ったとき、ちひろは得意そうにこう言ったのです。

「ママ、サンタさんはここでプレゼントを買ったんだね」

まさか、そのサンタさんがママだとは、夢にも思っていないようです。子どもの信じる心って、なんて素晴らしいんでしょう。これが私には、いちばんのクリスマスプレゼントでした。

5

先生のおめめに水がたまってる　お別れは握手でバイバイバイ　大田美和

ちうねの保育園の担任のC先生が、家庭の事情で、やむをえず退職されることになりました。保育園ではささやかなお別れ会が開かれて、子どもたちは他の先生の用意した花束をC先生に渡したそうです。お別れが何なのかまだわからず、きょとんとしながらも、C先生にちゃんと花束を渡したということでした。私たち父母も、先生に感謝の気持ちをこめて、ささやかなお餞別をお贈りしました。

数日後、C先生から、子どもたち一人ひとりに、きれいなお花の絵のついたカードが届きました。ちうねがもらったカードには、こんなメッセージが書かれてありました。

「たべることがだいすきなちうねくん。ちうねくんは、とても力持ちですね。ちうねくんが大きくなったら、その力を、たくさんのひとのいのちを救った杉原千畝さんのように、みんなのしあわせのために使ってくれることを、先生はねがっています。」

杉原千畝さんとは、戦争中のリトアニアで、ナチスドイツの迫害から逃れようとしたユダヤ人のために、外務省の反対を無視して、日本通過の通行許可証（ビザ）を発行した外交官です。彼の勇気ある行動のおかげで、六千人のユダヤ人が命を救われました。私たち夫婦がこの方の名前を下の子につけたのは、杉原さんのように、自分がいる場所で、自分の判断で、最善のことができる人になってほしいと願ったからでした。その願いに先生は、さらに素敵な意味を付け加えてくださったのです。

先生は、みんなのしあわせのために、と書いておられましたが、「しあわせ」という言葉がこんなに重いとは、今までに思ったことがありませんでした。このところ、私は忙しさにかまけて、家庭にも仕事にも恵まれているのに、しあわせであることを当たり前のように感じていたのです。

C先生は、お若いけれど、しあわせになることの大変さをよく知っていらっしゃるのでしょう。このカードは、ちうねが字が読めるようになるときまで、大切にしまっておくつもりです。

対話＊女性と仏教

どうして私を産んだのと子供に聞かれたら、どう答えますか？

野田大燈＋大田美和

（野田大燈師は、非行少年などを預かる喝破道場を運営しつつ、總持寺後堂として修行僧の指導にあたっている。）

短歌と禅の間にあるもの

野田　私も短歌に興味があるので、今日を楽しみにしていました。短歌といえば、むかしはお年を召したご婦人がたしなむものだと思われていましたが、最近は若い世代にも裾野が広がってきました。やはり、俵万智さんの『サラダ記念日』あたりからでしょうか。

大田　そうですね、たしかに女性に限らず若い短歌人口が増えました。現代語で現代人の感じていることを、短歌という古い形式に盛り込めることが魅力になっていると思います。

野田　禅宗の寺では漢文の法語を使いますが、難しくて分からない。それで最近は、法要などのときに短歌で表現するということもあります。五七五七七という、やはり日本人にとって、いちばんしっくり来るリズムがありますし、意味も分かりやすい。ご存じのとおり、曹洞宗の宗祖道元禅師も和歌をつくっておられます。川端康成さんがノーベル賞受賞講演の冒頭に、「春は花、夏ほととぎす、秋は月、冬雪冴えて涼しかりけり」という道元禅師の歌を引用されたことは有名です。そういう意味で、われわれももっと短歌を勉強しなくてはいけないと思っているんですが、五七五七七というものにあまりとらわれる必要はないでしょうか、それともやはり、それを踏まえてということになりますか？

大田　とらわれない場合もありますが、だいたいにおいて、短歌の基本的な形は五七五七七であるというルールがありますので、そこは動かさずに、何を詠んでいくかということになります。若い人の中には、現代語ではなくて、古典語のほうがやはり美しいということで、古典をまねて花鳥風月を詠う人もいます。

近代短歌は明治時代から始まるんですが、明治から現代に到るまで、時の流れを経ても愛されつづけてきた歌は、やはりそれだけの価値があるわけで、上達のためには、それを暗記することから始めます。昔からあるものを学んで新しいものを作る、それが基本ですね。

野田　短歌のリズムとか、そういうものをまず身につける必要があるわけですね。漢詩などでも、ともかく読みなさい、と指導されます。

大田　最初は分からなくても、きれいだな、とか感じることが大切で、意味はあとから分かればいいわけですね。

野田　私たちでも日常、無意識に短歌を作っていることがあるんですが、日常の生活体験を短歌として、言葉でまとめるという作業は、とてもいい自分探求の方法ではないかという気がします。

そのあたりは、むだを省いていって、人生の真実を端的に表現する禅宗の生活様式とあい通じるところがあるように思います。若い方でも、短歌づくりを通して、ものの見方、考え方を深めていけば、生活そのものが変わってくるのではないでしょうか。

大田　どうでしょうか。短歌を作ることによって生活が変わる、というところまではいっていないと思いますが、短い言葉で自分のいちばん言いたいことを表現するには、それなりの集中が必要なことはたしかですね。

女に生まれてよかった

野田　大田さんは以前、病気をされたそうですが、そのときに、何か心境の変化はありましたか？

大田　もう十年以上経ちましたので、今ではケロッと忘れてるんですが……（笑）、二十代の終わりに重い病気をして手術をすることになったんです。突然、目の前に死というものが現われて、どうして急にそんなことになったのか、という感じで、うろたえましたね。そのときは、婚約中だった今の夫が支えてくれまして、一緒に乗り越えることができたんですが、そのとき感じたのは、私はまだ若くて、もっともっと人生を楽しみたいのに、私の身体が勝手に死のうとしている。「私」というものと、身体は別のものなんだという感覚でした。

その後、私はいま七歳と四歳の二人の子供の母親ですが、出産という体験によって、やはり同じような得がたい体験をしました。私は頭でっかちな人間ですから、たくさん育児書を読んだりして、妊娠期間を過ごして、こうなってこうなるんだと、先の先まで考えていました。でも、実際にお産が始まると、そういうことはまったく関係ないというか、いちばんおもしろかったのは、身体が勝手にお産をしてくれるんですね。いくら私がいきみ方がへたでも、健康体であれば身体が子供を押し出してくれるんです。

そして、お産のあとで思ったことは、こういうふうにして人って生まれるんだな、そして死ぬときも、これと同じことなのかもしれないということでした。子供は私のお腹からたしかに出てきたんですけれども、その子供の持っている「私」というものは、神様か仏様か分かりませんけれど、宇宙のどこかから来たような存在であって、生まれるときにこの世に現われ、死ぬときはそれが、宇宙というか、どこかへ帰っていくということなのかもしれないと、わたしは病気とお産をしたことで、それが体験できてとてもよかったです。

男の人には分かりにくいと思うんですが、「私」というふうに意識しているものと、私の身体というものは別のものなんだという実感です。女に生まれてよかった、とそのとき思いましたね。

子供は親を選んで生まれてくる

野田　私が子供のころは病院での出産は少なくて、自宅で産婆さんに取り上げてもらったわけです。私は五人兄弟の長男でしたから、弟が生まれたときのことをよく覚えているんですが、母親が、「私は死んでもいいから、この子は助けてください」と産婆さんに言っているんですね。母親というのは命をかけて子供を産む。女性は、そういう意味ではほんとうに強いなと思います。

ところが一方では、最近は自分の子供を殺してしまうような母親も出てきた。どんな貧しい国でも母親が自分の子供を殺すなんてことはないのに、むしろ豊かな日本で母親が子供を殺してしまうというのは、やはり現代日本の一つの大きな病でしょう。

大田　それは難しい問題ですね。人間というのは、いつも善人ではいられない。鬼になったり、修羅になったりするということだと思いますが、もう一つは今は社会がとても激しく動いていて、日本全体が苦しい時期だと思うんですね。それが、さまざまな形でゆがみとなって出てきている。

野田　そうですね。人間の心は修羅になることもあるし、あるいは神さまのようになることもある。私がやっている施設では、親に虐待を受けたり、非行に走った子供を預かりますが、その子たちがよく言うのが、自分を産んでくれと言った覚えはない、親が勝手に産んだんだということです。それに対して、親が答えられない。

大田　最近、おもしろい話を聞いたんですけれど、ある宗教で、それと逆のことを教えているところがありまして、子供は親を選んで生まれてくる。だから、お父さん、お母さんは、子供を産んだことに自信を持たなくてはいけないというんです。

野田　そのとおりですね。親が勝手に産んだというようなことを言う子供は、生きる目的が分からないから、グルグル、グルグル空回りしてしまう。もちろん、人生には空回りすることもあるし、それにも意味があるとは思いますがね。私は人生にむだというものはないと思うんです。

大田　そうですね、私も子育てを通じて子供から学ぶことが多いです。

野田　たとえば、どういうことですか。

大田　上の子は昆虫が好きなものですから、一緒に虫取りに行ったりします。私は子供のころからまず本で言葉を覚えて、それから実物を見るというタイプだったんですが、それが、子供はまず、本物の虫を見、形を認識して、それを図鑑で確かめる。実物から入って、言葉を覚えて、また実物に帰っていく。そういう作業を一緒にしているととても新鮮で、私自身、もう一つ別の子供時代を生きているという感じです。

それから、たとえば子供が飼っていた虫が死んで、子供が泣いているときにとか、一寸の虫にも五分の魂というか、死んだら供養してあげなくてはいけないという気持ちが私にもあって、子供と一緒に庭にシャベルでお墓を掘って、埋めて、お花を飾って、そして、お空のお星さまになってくださいねと言って、子供と並んで手を合わせるわけです。

野田　なるほど、それも立派な宗教教育ですね。私は修行僧たちに、仏教にはどうしてこんなにたくさんの教えがあるのかと尋かれることがあるんですが、私は、十人いれば十の宗教が、一万人いれば一万の宗教があってもいいと言うんです。自分という人間は、たった一人しかいないわけですから。

仏教だけでなく、日本の伝統的な芸事では「守破離」ということがよく言われます。「守」というのは、まず基本をマスターすること。「破」というのは先輩とか、師匠を超えること。そして、「離」というのは自分らしい流儀を確立することですね。短歌でも、いろんな流儀があるんでしょうが、大事なことは自分の弟子が自己を確立する、自分の足で歩き出すのを見守ってやるということでしょう。それは子供の成長を見守る母親の気持ちと同じだと思いますね。

＊註　野田老師は二〇〇六年九月に總持寺後堂を乞暇送行し、現在では曹洞宗社会福祉連盟社会福祉法人四恩の里の理事長もつとめている。

あなたとは違う風に　あとがきに代えて

吉祥寺で映画「慶州《キョンジュ》」を見た。詩的な映画というキャッチコピーに魅かれて見に行ったのだが、詩的という言葉から喚起される月並みな期待やイメージが次々に裏切られていくのが気持ちよかった。去年の夏の終わりに私が実際に訪問した韓国・慶州の印象と異なるのも、爽快だった。映画の中で、携帯電話の会話や録音メッセージやテキストメッセージという、複数のディスコースが巧みに使い分けられ、人の心の機微や人間関係の多層性を描き出しているのにも、感銘を受けた。

人の目に映る現実というのは人それぞれに異なっていて、嘘をついたり誤魔化したりしなくても、理解し合っているようでも、一人一人は別の人間で、別々のことを感じたり考えたりする。だからこそ、ちょっとしたきっかけで恋に落ちたり、行きずりの人と意気投合する瞬間があったり、この世に強い思いを残して死んだ人と思わぬ形で出会ったりもするのだろう。私とは違う風に感じたり考えたりする人の作った映画を見て、自分の感覚や思考が開かれ、鍛えられていくのを感じた。

チャン・リュル監督の対象との独特の距離感は、彼の特異な経歴と無縁ではない。中国の延辺朝鮮自治州に生まれ、文化大革命によって母語と切り離され、天安門事件によって作家としての道を断たれ、映画監督になることによって韓国という新しい活動の場を得て、母語と出会い直したという。

私はこれほどの過酷な経験を経てはいないが、今年は、およそ三十年前の闘病の経験を折り目にすれば、それまでとそれからの人生が重なる節目の年となった。そこでこれまでの思考の痕跡を、初めてのエッセイ集という形で読者に差し出してみたらどうだろうと思った。私の目に映った現実を、読者はどのように受けとめ、何を考えるだろうか。私が書いたものが読者自身の思考を鍛えるきっかけになってくれたらと願っている。

＊

本書の出版にあたって、収録を許可して下さった新聞社や出版社等の皆さまに感謝申し上げます。とりわけ、対談をこのエッセイ集に収録することを快く許可して下さった、歌人の小林久美子さんと、四恩の里理事長の野田大燈老師に心より感謝申し上げます。

最後に装丁の大原信泉さんと、北冬舎の柳下和久さんに御礼申し上げます。

二〇一九年八月十一日　祖父が戦死した場所を息子に聞かれた夜に

大田美和

［初出一覧］（本書収録にあたって、一部初出題を変更しました。）

Ⅰ　アジアへ

アジアへの旅の始まり　ルアンパバーンから八王子、大田《テジョン》へ（「詩と思想」２０１８年５月号）

分断と文学の可能性（２０１８年１月21日にザ・セレクトン福島で行なった基調講演に加筆、修正。）（「現代短歌」２０１８年３月号）

ラオス　〝言葉の力〟感じた旅（「聖教新聞」２０１５年７月１日）

ライト・シー・グリーンの海　尹伊桑「チェロ練習曲」（「洪水」第20号、２０１７年７月）

絵本画家いわさきちひろとアジア共同体（ハノイ建築大学での講演、２０１８年11月）

ファイルーズの歌に会わせてくれたシャード（「洪水」14号、２０１４年７月）

初めての韓国引率出張（「北冬舎ブログ」２０１４年８月16日）

韓国と日本をつなぐ（「朝日新聞」２０１４年10月６日）

私の散歩道　学修環境としての多摩キャンパスの自然（「中央大学教員組合新聞」３９６号、２０１４年12月１日）

海のとどろき（「未来」２０１６年４月号）

言葉と文学にできること「女の平和」国会ヒューマンチェーンに参加して（文藝別人誌「扉のない鍵」１号、２０１７年11月）

Ⅱ　日本の短歌へ

短歌は詩であり、芸術である、というあたりまえの事実について（「未来」２０１０年11月号、「北冬」№０１３、２０１１年12月再掲載）

総合的に力を合わせて（「現代短歌」２０１６年11月号）
一歌人の死を未来につなげるために（２０１０年執筆、「朝日新聞」オピニオン欄投稿〔不掲載〕、「未来」２０１０年７月号、『大田美和の本』〔北冬舎刊〕２０１４年６月収録）
「国家」を歌う者は誰か？（「未来」２００８年９月号、『大田美和の本』同前）
父の一族の記憶（「NEAL NEWS」72号、２００７年５月、『大田美和の本』同前）
スキャンダル、時代、制度（初出題「俵万智の歌」。「歌壇」２００２年６月号、『大田美和の本』同前）
短歌とフェミニズム（「早稲田学報」１９９１年12月、『大田美和の本』同前）
寂しき努力　真下清子論のこころみ（「未来」１９９４年５月号）
古屋茂次さんのこと（「未来」２０１１年７月号）
生命の花　三宅霧子歌集『風景の記憶』について（「北冬＋《プラス》」３号、２００４年４月）
俳味と哲学　沖ななもの歌（「北冬」№０１７、２０１７年３月）
メール対話＊短歌形式で外国文学と外国語を活性化できるか　小林久美子＋大田美和（「北冬＋《プラス》」２号、２００３年10月）

Ⅲ　ヨーロッパへ
ケンブリッジ大学ウルフソン・コレッジで知った合唱の喜びと可能性（「洪水」12号、２０１３年７月）
二〇一〇年のケンブリッジ滞在とブリッドポート文学賞のこと（「Review News」早大文学研究学会、２０１３年５月）〔招待掲載〕
イザベラ・リントンを短歌でうたえば（「Brontë Newsletter of Japan」２００２年１月、『大田美和の本』〔北冬舎刊〕２０１４年６月収録）
女の鑑（「未来」２０１５年１月号）

『嵐が丘』とシブデン・ホール（「Brontë Newsletter of Japan」94号、日本ブロンテ協会、2017年4月）
ウィリアム・モリス『サンダリング・フラッド』を読んで（未発表、2014年秋執筆）
テリー・イーグルトン『ゲートキーパー』を読む（「NEW PERSPECTIVE」180号、新英米文学会、2004年11月）
オルハン・パムクのノーベル文学賞受賞を喜ぶ（「NEAL NEWS」71号、2007年2月、新英米文学会）

Ⅳ　表現へ

狼涙三十回忌法要と記念の講演の印象（「六月の風」〔ウナックトウキョウ会報〕240号、2014年8月）
クラウディアに寄す（同231号、2013年1月、『大田美和の本』〔北冬舎刊〕2014年6月収録）
Ouma展　見るたびに元気がわくアート（同244号、2015年6月）
壬子硯堂訪問記（同256号、2017年10月）
韓国とアートを楽しむ（シンポジウム「アートとドラマから見る韓国」〔主催＝中央大学文学部〕配布資料、2016年11月）
もっと自由に　Ouma個展「劣る者の楽園」を見て（「六月の風」〔同前〕252号、2016年11月）
風と光と音楽　映画「静かなる情熱」のこと（「映画「静かなる情熱」プログラム」岩波ホール、2017年7月）
ようこそ麻呂マジックの世界へ　中村幸一著『ありふれた教授の毎日』を読む（「熾」2018年3月号）
「わたし」と「あなた」の融合と乖離　川口晴美の詩集『液晶区』から詩集『lives』まで（「らら」4号2003年）

V　わたしへ

両姓併記パスポート獲得記　結婚制度を使いこなす（「中央評論」254号、中央大学中央評論編集部、2006年1月、『大田美和の本』〔北冬舎刊〕2014年6月収録）

Epithalamion（祝婚歌）　文学と社会（『現代短歌最前線』上巻〔北溟社刊〕、2001年11月、『大田美和の本』同前）

病膏肓（「中央大学文学部英米文学会会報」第40号、2003年6月）

さよなら早稲田　短歌の生まれる場所（「文藝」1991年10月・冬季号、『大田美和の本』〔北冬舎刊〕2014年6月収録）

「美和ママの短歌だより」（「ぽかぽか」学習研究社、2000年6・7月号―2001年2・3月号、『大田美和の本』同前）

対話＊女性と仏教　どうして私を産んだのと子供に聞かれたら、どう答えますか？　野田大燈＋大田美和（2002年9月11日、總持寺にて。「曹洞禅グラフ」〔仏教企画〕、2003年1月号）

著者略歴

大田美和

おおたみわ

1963年(昭和38年)、東京都生まれ。著書に、歌集『きらい』(91年、河出書房新社)、『水の乳房』(96年、北冬舎)、『飛ぶ練習』(2003年、同)、『葡萄の香り、噴水の匂い』(10年、同)のほか、既刊全歌集、詩篇、エッセイを収録した『大田美和の本』(14年、北冬舎)、短歌絵本『レクイエム』(画・田口智子、97年、クインテッセンス出版)、イギリス小説の研究書『アン・ブロンテ―二十一世紀の再評価』(07年、中央大学出版部)などがある。現在、中央大学文学部英文学教授、専門は近代イギリス小説、ジェンダー論。2019年4月より中央大学杉並高校校長を兼務(20年4月現在)。

世界の果てまでも

2020年4月20日　初版印刷
2020年4月30日　初版発行

著者
大田美和

発行人
柳下和久

発行所
北冬舎

〒101-0062東京都千代田区神田駿河台1-5-6-408
電話・FAX　03-3292-0350
振替口座　00130-7-74750
https://hokutousya.jimdo.com/

印刷・製本　株式会社シナノ書籍印刷

定価はカバーに表示してあります
落丁本・乱丁本はお取替えいたします
ISBN978-4-903792-73-6　C0092